神鬼之家

紀嬰——著

-上-

貳 第一條校規 貳

高寶書版集團

目錄
CONTENTS

第一章　再入白夜

吃完早餐，白霜行打開手機裡的購物軟體。

她和沈嬋偏好簡潔大方的裝潢風格，家裡以淡色調為主，沒太多裝飾。

江綿所住的客房同樣如此，整齊卻單調，看起來有點悶悶的。

白霜行與小孩相處的經驗寥寥無幾，但回想起看過的小說和影視作品，她覺得，江綿應該會更喜歡粉嫩可愛的風格。

於是她舉著手機，和江綿一起挑選了玩具熊、玩具貓、玩具兔子、一個星星小檯燈、許多裝飾用的小東西，以及幾本解悶的故事書和畫冊。

在那之後，江綿繼續沉眠休息，白霜行坐在客廳沙發上，把注意力轉移到腦海中的白夜技能系統。

之前置身於白夜挑戰，她時刻處在生死存亡的危急關頭，沒時間仔細研究；後來回到現實，又忙於處理宋家奶奶的事情，同樣只匆匆瞟了幾眼。

直到現在，白霜行終於能舒舒服服坐在沙發上，把系統從裡到外觀察一遍。

首先是人物面板。

面板包含她的姓名、年齡、技能和通關紀錄，歷史記錄只有一個「惡鬼將映」。

據她所知，白夜會根據每個人的表現進行評分，最差是D，最優是ＳＳＳ。

在面板上的「惡鬼將映」後面，跟著的卻是一個血紅色Ｆ。

『F（該場挑戰崩壞，無法評分）。』

……也對，畢竟監察系統都沒了。

白霜行在心裡默默為〇五六點一根蠟燭。

滑過人物面板，就能見到積分商城。

毋庸置疑，這是白夜最為神奇的功能之一。

放眼望去，商城中的貨品琳琅滿目，像遊戲畫面一樣有序排列。

最便宜的「打火機」、「小刀」、「指南針」只需要一積分，價格越貴，商品的功能越天馬行空。

驅鬼用的「雷火符」標價五積分，「高階護身符」十積分。

白霜行還見到一個叫「快樂彩虹糖」的道具，只要吃下一顆，就能讓心情瞬間愉快，消除所有不開心。

再貴一些，就是「高階驅邪符」、「吐真劑」、「輕功速成」、「詛咒之書」這種完全不符合常理的物品。

白霜行默默看自己的十一積分一眼。

白夜，摳門。

目前沒有什麼需要兌換的道具，她目光一動，點開自己的技能框。

每個人的技能都可以升級，白霜行看過白夜論壇，知道對於大部分人而言，想要提高技能等級，需要花費十積分。

但「神鬼之家」的升級按鈕旁，赫然寫著「二十積分」。

白霜行先是一愣，很快接受。

她的技能十分罕見，算是一個絕無僅有的金手指，獲利大，投入的成本自然也會更高。

不知道升級之後……它會發生怎樣的變化。

快到中午一點鐘時，沈嬋回來了。

她是個古道熱腸的人，對幫助江綿尋找哥哥的事情非常上心，家庭聚會剛結束，立馬打電話給白霜行。

一切準備就緒，叫醒江綿後，兩人一鬼啟程前往百家街。

在「惡鬼將映」中，白霜行從未踏出這片密集而頹敗的房屋。

十年前的百家街蕭瑟混亂、魚龍混雜，十年後，當白霜行再次來到這裡，竟有種恍如隔世的錯覺。

十年過去，百家街變化不大。

樓房依舊一棟緊緊貼著另一棟，看起來密密麻麻，鱗次櫛比；巷道從四面八方延伸而出，編織出一張令人眼花繚亂的蛛網。

行走其間，漸漸與白夜中的畫面有了微妙的重合。

江綿垂著頭默不作聲，白霜行看出她的緊張，摸了摸小孩的腦袋。

鬼魂需要積累足夠多的能量，才不至於魂飛魄散。

江綿在白夜裡精疲力竭，今天仍然十分虛弱，以這種狀態，本該乖乖陷入沉眠，恢復所剩不多的能量值。

但她太想見到哥哥，哪怕強撐著最後一點氣力，也不想錯過最重要的重逢。

想到這裡，白霜行加快前行的速度。

自從百里和房東雙雙出事，四四四號成了遠近馳名的凶宅，直到現在，還是空蕩蕩沒有人居住。

這裡巷道繁多，穿過似曾相識的商鋪、已經面目全非的幾棟公寓、幾處街區幾個轉角，慢慢地，白霜行停下腳步。

身旁的江綿抿著唇沒說話，一雙拳頭緊緊攥住。

到了。

再往前，他們的正面對，就是曾經的江家。

房子被翻新過，十年前斑駁髒污的牆壁變成了潔白的顏色，防盜門緊緊閉合，門前擺放著兩盆小花。

也許是為了徵求白霜行的意見，江綿看她一眼。

白霜行笑：「妳去敲門吧？」

女孩遲疑一秒，小心翼翼戴好臉上的墨鏡，點了點頭。

沈嬋抬起手，做出加油打氣的動作。

江綿個頭小，力氣不大，防盜門被她敲響，發出清脆的咚咚聲。

白霜行站在她身後，心中生出緊張。

百家街住戶不少，四周異常嘈雜，他們所處的這片空間卻像被死死隔開，連微風吹過樹葉的聲音都能聽見。

沒過多久，有人按下把手，打開防盜門。

隨著吱呀輕響，白霜行屏住呼吸。

下一刻，有些失望地眨了眨眼睛。

開門的人，她並不認識。

這是個三四十歲的女人，長髮披肩，穿著寬鬆休閒的服裝。白霜行努力回想，在記憶裡，白夜中沒有任何人能與之對上。

女人沒想到會見到三個陌生人：「妳們是？」

「您好。」白霜行禮貌回應，隨口編了個理由：「請問您知道十年前住在這的江姓人家嗎？我們是他家的遠房親戚，很久沒聯絡了。」

「江家？」女人將她上下掃視一遍，挑起眉頭：「妳說帶著兩個小孩那男的？」

「是的。」白霜行：「聽說他家在十年前出了事，女兒失蹤、父親上吊，我們不久前才知道這個消息，就想來探望一下。」

談及江家，女人臉上露出嫌惡的神色：「那家人早就不住在這了。」

她抱怨道：「我是這棟房子的房東，自從那晚出事以後，這地方就成了凶宅，根本租不出去，只能我自己搬進來。」

意識到跑了題，她輕咳一聲：「他們的經濟來源全靠那男的，也就是爸爸。後來老爸死了，妹妹失蹤，只剩下一個小男孩——他無親無故，被一家育幼院收養了。」

……也對。

江逾不到十歲，父親去世、母親棄之不顧，他沒有經濟來源，不可能一個人住在這棟房子裡。

不過，既然女人這樣說，那就還有線索。

白霜行心下一動：「您還記得那家育幼院叫什麼名字嗎？或者，您知道怎麼聯絡上那個孩子嗎？」

「育幼院的名字我忘了……畢竟那是十年前的事情。」女人想了想，認真道：「不過，如果妳們真的打算找那個小孩，可以去興華一中。」

一旁的沈嬋好奇：「興華一中？」

「是我們這裡最好的高中。」女人說：「百家街能考上那裡的人很少，幾年前我閒聊時聽人說過，江家那小孩考進去了，還挺厲害的。」

白霜行默默記下這個地點，頷首笑笑：「多謝。」

十年前，江綿、江逾都是八、九歲，如今的江逾，應該在讀高三或大一。

如果江逾只是個高中生，她能在興華一中直接與他會合；就算他已經在外地上大學，只要問一問高中老師，同樣能順藤摸瓜找到他。

「唉，那兩個孩子也是可憐，跟了那樣的老爸，每天受苦。」女人攏了攏衣襟，神色不忍：「後來員警深入調查，發現那男的居然把女兒賣給一個所謂的『天師』，讓她做法——不過說來也玄，妳們知道嗎？不久後，那男的和天師都死了，真是報應。」

當然知道。

白霜行心想，她不僅知道，還是事件的親身經歷者，江父和百里變成那副瘋瘋癲癲的模樣，和她脫不了干係。

女人想著想著嘆了口氣，最後說：「妳們如果真能找到他，還是別提當年的慘案了吧。小孩怪可憐的。」

白霜行點頭。

謝過女人後，白霜行與對方道別。

房門緩緩關上，她側過視線，看見江綿失落的神情。

「沒關係的。」白霜行摸摸她的腦袋：「只要知道妳哥哥讀的高中，我們一定可以找到他——而且他考上興華一中啦，是這裡最好的學校，綿綿不為他感到開心嗎？」

她哄人很有一套，江綿原本像一根垂頭喪氣的小草，聽到「最好的學校」，雙眼倏地亮了亮：「……開心！」

沈嬋見狀放下心來，幹勁十足：「那，接下來就去興華一中吧。」

百家街距離興華一中有段路程，估算時間，大概需要半個小時。

江綿強撐著來到這裡，告別女人後，很難繼續維持形體。於是白霜行讓她先回到系統沉眠，等有了消息，再把小朋友召喚出來。

江綿很懂事，乖乖答應。

「興華一中——」坐在計程車上，沈嬋搜尋相關資訊：「好像確實不錯。作為一個小地方的高中，每年都能有一批學生進A大。」

看百家街破敗混亂的環境，就知道這片地方並不繁榮，甚至稱得上偏僻。A大是當前國內的頂尖大學，想要考上，難度不小。

汽車一路暢通無阻，半小時後抵達興華一中。

白霜行抬頭，將這所學校粗略打量一番。

校門外是一條寬闊的大道，道路兩旁栽種著高大的銀杏樹，現在入了秋，樹葉金黃，鋪落滿地。

校門緊閉，門邊設有警衛室，想要進去，需要進行交涉。

沈嬋在社交方面一向天賦異稟，當即對她使了個眼色：「走，去警衛室。」

白霜行跟在她身後。

警衛室裡坐著一個中年大叔，沈嬋輕輕敲了敲窗戶，露出爽朗的笑：「您好，請問——」

一句話沒說完，突然之間，沈嬋的聲音停住。

白霜行也察覺到不對，右眼皮重重跳了跳，正想開口，驀地頭腦一沉，眼前的景象變成一片模糊。

……糟糕。

這種感覺似曾相識，不久前，她曾體會過。

這是被拉進白夜的徵兆。

彷彿是對她這個想法的回應，下一秒，耳邊傳來活潑的女聲。

『叮咚！』

『歡迎進入白夜，生存挑戰即將開始。我是本場挑戰的監察系統六六三，正在檢索任務資訊……』

白霜行聽見沈嬋說了聲：「哈？這——白夜？」

『挑戰名稱：第一條校規。』

『挑戰難度：中級。』

『挑戰簡介：興華一中紀律嚴明、升學率極高，是遠近馳名的優秀高中。今天，兩名轉學生來到這個溫暖的大家庭，卻發現在一條條校規背後，隱藏著無比駭人的祕密……』

『妳的角色：一名朝氣蓬勃的轉學生。一日之計在於晨，一年之計在於春。費盡千辛萬苦終於進入興華一中，妳發誓要好好把握這個機會，好好讀書，成功考上A大！』

白霜行：「……」

好勵志的人設。

是放在恐怖故事裡，會讓人覺得水土不服浪費人才的程度。

有了上一次的經驗，這次她很快接受設定，一邊聽監察系統六六三進行任務播報，一邊伸手拍拍沈嬋的手背，讓她不至於太過害怕。

沈嬋反手捏了捏她的大拇指，示意自己沒事。

『主線任務：完成兩天的課程學習。』

『支線任務：未解鎖。』

沈嬋小聲：「讀書，果然是世界上最恐怖的挑戰。」

『以上，就是本次白夜挑戰的全部已知資訊。祝二位玩得愉快！』

沈嬋又小小聲：「謝謝，很愉快，試試就逝世。」

白霜行抿唇笑了笑。

與〇五六冷淡乾澀的中性聲音不同，六六三號系統能明顯聽出是個活潑的女生。

說話風格方面，它也不像〇五六那樣陰陽怪氣，對挑戰者們表現出明顯的敵意，而是元氣十足，很像節目主持人。

系統音剛落下，在白霜行的腦海裡，就出現一個身穿白裙，燙著大波浪捲的像素小人。

沈嬋第一次進入白夜，被這種類似大腦入侵的手段嚇了一跳：「我腦子裡怎麼進了一坨衛生紙？」

六六三保持微笑：『這是本監察系統的類比化，透過腦內投影，能讓挑戰者們與我擁有更好的交流。』

它加重語氣：『是白裙子，不是衛生紙哦。』

不等二人再開口，眼前模糊的畫面瞬間清晰。

強光褪去，周身的景色如水彩塗抹，煥發出全新的顏色。

她們仍然站在興華一中校門口，只不過方才蔚藍晴朗的天空消失不見，取而代之的，是烏雲密布、壓迫感十足的昏黑蒼穹。

遠處的天邊傳來幾道雷聲，卻無下雨的徵兆，悶雷滾滾，有人從校舍裡走出來，緩緩向她們靠近。

是個五官清秀，身穿套裝的年輕女人。

「妳們就是新轉來的兩位同學吧。」女人朝她們微微一笑，打開鐵製校門：「請進，我是妳們的班導師，秦夢蝶。妳們叫我秦老師就好。」

她的語氣溫柔，笑起來雙眼彎彎，模樣平易近人又親切，不像作假。

想起來了，在這次白夜挑戰裡，她們兩個的角色是轉學生。

白霜行禮貌回應：「謝謝老師。」

她說完看向沈嬋，用眼神詢問她狀態如何。

沈嬋聳肩笑笑，比了個大拇指。

這是讓她不用擔心的意思。

當了這麼多年的朋友，她們有著相當不錯的默契。

「現在是上課時間，同學們都在教室。」秦夢蝶笑道：「我帶妳們去班裡。」

有老師帶路，沈嬋憋了滿肚子想說的話，這時一個字都吐不出，只能拼命朝白霜行使眼色——怎麼到白夜裡來了？距離白霜行結束上一場白夜挑戰，才過去一天吧？這是什麼運氣爆棚的白夜眷顧者？難不成是死神大學生？

白霜行搖搖頭，輕揉眉心——她哪知道這是怎麼回事，頭疼。

「這是荷花池，那邊是操場，從左邊的小路一直往前走，能到宿舍。」秦夢蝶走在最前，領著兩人走進正中央的教學大樓：「我們的班級是高二（一）班，在三樓，加上妳們，一共有四十位同學。」

她說著，停在一間教室門前。

這間學校是白夜挑戰的主要場所，說不定會出現追逐戰。

白霜行留了個心眼，把建築布局逐一記在心中。

教學大樓位於中央，一共三棟。

宿舍在左，操場在右，建築風格略顯老式，肅穆而寧靜。
就目前而言，看不出有什麼奇怪的地方。
再回過神，秦夢蝶已經打開教室的門：「來，向同學們介紹一下自己吧。」
她的語氣溫柔，很容易令人心生好感。白霜行點點頭，與沈嬋對視一眼，走進教室。
教室也很普通。
白牆木桌，學生們端正坐在椅子上，看見她和沈嬋，響起一片竊竊私語聲。
非常符合高中生愛八卦的特質。
她們兩人簡單說了自己的名字，班導師微微一笑：「這兩位是新轉來的同學，在今後的校園生活裡，大家要和她們和睦相處哦。」
她說完指了指教室角落的兩張空桌：「妳們先去那裡坐下吧，座位之後會根據情況調整。教科書已經幫妳們放在桌子上，別弄混了。」
白霜行笑笑：「好，謝謝老師。」
現在的故事背景和主線任務都不明朗，為了避免生出事端，她沒有多餘的舉動，乖乖來到桌前坐好。
沈嬋心裡憋不住話，忍了這麼久，眼看終於有機會遠離班導師，剛落座，就壓低聲音道：「夢回高中。這教室這氣氛，不用出現妖魔鬼怪，我已經開始怕了。」

白霜行笑：「第一次進白夜，感覺怎麼樣？」

「還行。」沈嬋攏了攏衣服領口，認真思考：「準確來說，目前還行。我還沒見過真正的鬼怪，說不定一撞上祂們，整個人立馬廢了——妳別對我抱太大希望，適當降低期望值挺好的。」

白霜行揚起嘴角。

「今天除了向大家介紹新同學，我還要宣布另一件重要的事。」講臺上，班導師秦夢蝶眉眼含笑：「從今天起，興華一中將採用全新的校規校紀。」

這句話，並未引起同學們多大的反應。

「新校規、新校規，還能怎麼新？」坐在她們後面的女生小聲嘟囔：「不能遲到、不能早退、不能談戀愛、努力讀書……無非就是這些嘛。」

白霜行回過頭瞟了她一眼。

她和沈嬋坐在倒數第二排，那女生則是在最後一排的最裡側，沒有隔壁桌。齊肩短髮，臉上有小小的雀斑，穿著一件洗得發白的制服——很普通的高中女生。

察覺到白霜行的目光，女生笑了笑：「新同學，妳說是不是？」

白霜行不置可否，沒有回答她的問題：「我叫白霜行，她是沈嬋。」

「妳們在講臺上說過。」女生斜靠在椅背上，表情吊兒郎當：「我叫陳妙佳。」

講臺上，班導師拿出一疊影印好的紙，分發給每個同學。

「紙上印著的，就是我們全新的校規。」女人笑意不變：「違反規則將受到懲罰，所以，千萬，不要違背它。」

由前往後，學生們依次拿到紙單，白霜行仔細觀察他們的情緒，不知怎麼，僅僅看了紙上的文字一眼，所有人神色微變。

這場白夜挑戰的名稱，是「第一條校規」。

白霜行心中生出好奇，等拿到紙張，垂眸看去。

和其他學生一樣，她也怔了怔。

明明是極為普通的白紙黑字，然而當一個個字連在一起，表達出的內容，卻與尋常所謂的「校規校紀」截然不同。

『為規範學校紀律，讓同學們擁有舒心舒適的學習環境，興華一中做出如下規定：』

『一、？？？？？？』

第一條，就讓白霜行面露怔忪。

視線掃過那串問號，猝不及防，腦海中響起清脆的系統提示音。

『叮咚！恭喜挑戰者解鎖支線任務：未知的第一條校規！』

『第一條校規最基礎也最重要，現在卻被惡意塗抹掉了。問號之下，究竟寫著怎樣的內容呢？不妨探索一下吧！』

『是否接受該支線任務？』

白霜行選擇『是』。

耳邊同學們的議論聲越來越大，她目光下移，看向下面的規則。

『二、嚴格遵守作息時間，不遲到、不早退，不曠課。』

嗯，很正常。

目光再往下。

『三、記住你的樣貌。人類擁有眼睛、鼻子和嘴巴，所有人都一樣，不會有什麼人格外特別。』

「……哈？」沈嬋滿臉茫然：「記住我的相貌，我有眼睛、鼻子、嘴巴……這和學校規定有半點關聯嗎？」

白霜行看不明白，搖了搖頭。

『四、如果聽見角落裡傳來哭泣聲和哽咽聲，即便看不見人，作為同學，也請上前友好詢問。』

「這什麼東西，鬼故事嗎？」後桌的陳妙佳目瞪口呆：「秦老師是不是發錯了？」

『五、書桌抽屜裡不會出現碎肉和血塊。若發現，請立即報告班導師。』

沈嬋：？

書桌和碎肉塊這兩個詞語，居然是可以連在一起出現的嗎？誰會把碎肉血塊放進抽屜裡啊？

下意識地，她看了自己的抽屜一眼。

很好，很乾淨。

『六、一旦在學校裡見到巨大的狂躁怪物，請立即逃跑，並報告班導師。』

『七、若在走廊中遭到不明生物尾隨，請立即逃跑，並報告班導師。』

有人小聲嘀咕：「什麼啊……巨大的狂躁怪物？寫校規的人腦子被僵屍吃了吧？」

白霜行沒出聲，看向最後一條校規。

『八、不要相信校長。無論何時何地，遇到危險請向班導師尋求幫助。』

……校長？

「老師。」有學生舉手：「您是不是發錯了？這上面的內容很明顯不是校規。」

「沒發錯，就是它。」臺上的班導師兀自笑著：「大家都看完了嗎？」

「可是老師，狂躁怪物是什麼意思？還有那句『不要相信校長』，到底——」

「字面意思。」女人語氣輕鬆，聽不出起伏：「你們一定會好好遵守規則，對吧。」

她說完笑了笑，語氣仍是一貫的溫柔，卻說出令人毛骨悚然的話：「校規……已經開始執行了。」

這絕對不是錯覺。

話音方落，整棟教學大樓猛地顫抖了一下——

偌大的校園裡，響起一聲悠長尖銳的鐘響，幾乎劃破耳膜。

緊隨其後，烏雲密布的天空瞬間被血色占據，翻湧的雲彩彷彿交疊的血浪，陽光隱去，徒留一片猩紅之色。

窗外紅霧四起，學生們被嚇了一跳：「這、這是怎麼回事？」

再回頭，講臺上空空如也，哪裡還有班導師的身影。

「……原來是這樣。」白霜行終於明白了：「難怪這場白夜的難度是中級。」

根據形式的不同，白夜分為兩種類型。

第一種是重複曾經發生過的事情，比如她之前進入過的「惡鬼將映」，白夜裡的每個情節，都能與現實一一對應。

第二種，則是現在這樣。

白夜由「意識」組成，意識最擅長的就是幻想。

在這種類型的白夜裡，背景設定會更加天馬行空、脫離實際，出現的物品、發生的事，甚至出場的人，不一定在現實中真實存在。

就像一場荒誕離奇的夢。

而此時此刻，她正清醒地置身於夢境之中。

「這些校規……」沈嬋把紙上的文字看了一遍又一遍，莫名覺得後背有點冷：「我們是真的會遇到狂躁怪物、尾隨生物和桌子裡的碎肉塊吧？至於那句『記住你的樣貌』……難道有什麼人不是兩隻眼睛、一個鼻子、一張嘴？」

她試著想像一下那怪誕的景象，緩緩吸了一口涼氣。

白霜行無可奈何地笑，溫聲回應：「別自己嚇自己。」

「誰叫這些校規寫得陰森森的。」沈嬋打了個哆嗦：「一看到那些字，我就忍不住聯想。」

這風格，哪是學校，分明是墓場。

學生們的日常不是讀書，而是每天為自己整理遺容遺表。和睦共處是不可能的，頂多與老師同學們和墓共處這樣子。

「這種半遮半掩、行文詭異的寫法，的確很取巧。」白霜行靠上椅背，輕輕挑眉：「但其實，如果不把它們看作恐怖事件，而是當作普普通通、必須遵守的規則，恐懼感便會下降許多。」

沈嬋一愣：「什麼意思？」

「妳看，比如這個。」白霜行伸手，指了指第五條，書桌裡的碎肉塊。

「忽略『碎肉』這個詞語，這句話可以改成——」她說：「比如『宿舍裡不會出現高功率電器，若發現，請及時聯絡班導師』。」

沈嬋：「……」

好像，還真的挺相似。

「還有這一條。」這次白霜行指向的是第七條，走廊裡的不明生物。

「嗯……」她想了想：「自習期間不得抬頭，不得看向後窗。一旦在後窗上發現屬於人類的眼睛，請裝作無事發生，回頭繼續看書。」

沈嬋：「……」

想到高中時每天站在走廊裡，透過後窗視察的班導師，再看看眼前的校規……

她居然感到那麼一絲絲親切。

「類似的還有很多，比如『下課鐘聲是假的，就算聽到下課鐘，也不要立刻衝出教室』、『體育課是真實存在的，與此同時，它也可能並不存在』、『分數是必要的，一切妨礙提升分數的人和事，都應該被肅清』——只要用日常中的規則一比，就會發現，撇開那些血肉鬼怪，它只是很普通的校規而已。」

白霜行：「現在還覺得特別嚇人嗎？」

沈嬋：「……」

沈嬋：「謝謝，不了。」

班導師憑空消失後，教室裡亂成一鍋粥。

「這是怎麼回事啊？」

有人想打開窗一探究竟，卻發現窗戶彷彿和空間凝為一體，無論使用多大的力氣都紋絲不動。

「剛才……秦老師是從講臺上突然不見了嗎？」

「外面的天氣是怎麼回事？這、這——」

「鐘聲響起的時候，外面忽然成了這副鬼樣子……正常人做不到這種事情吧？這是靈異現象？」

「秦老師瘋掉了，我們快去報告教務主任或校長吧！」

氣氛壓抑至極，窗外的天空成了深紅色，如潮似血，讓人喘不過氣。

白霜行看著桌上的校規，心中有些疑惑。

校規數量不多，看起來難度也不大，只要小心謹慎，應該都能躲開。

這可是號稱中級難度的副本，比「惡鬼將映」更加危險，真的會這麼簡單？

她正想著，耳邊忽然傳來一陣綿長刺耳的音樂。

循聲望去，是黑板旁邊那個廣播音響發出的聲音。

『叮叮噹！上課時間到了，請同學們迅速回到教室，準備上課。』

『經檢測，高二（一）班本節課的主題是，國文！』

——主題？

不等白霜行好好捋清思緒，就聽教室正門發出吱呀聲響，被人一把推開。

門打開的剎那，教室裡所有人為之一怔。

教室門外，站著一本巨大的書。

準確來說，是一個擁有人類身體，腦袋卻是課本的怪物。

它穿了件俐落的休閒西裝，脖子上頂著的並非頭顱，而是一本閉闔狀態的書籍，封面上端端正正寫著「國文」兩個大字。

教室裡好幾個學生尖叫起來，聲音快把屋頂掀翻。

沈嬋：「這——」

她一時想不出適合的措辭，呆呆看向身後的陳妙佳：「你們的國文老師，長得好特別。」

突然遇上這麼莫名其妙的事，陳妙佳幾乎要哭出來了：「所以這根本就不是我們的國文老師啊！」

那身休閒西裝的確是國文老師最喜歡的款式……

但門外的怪物究竟是什麼東西啊？

短短幾分鐘之內，整個世界天翻地覆。

教室裡的學生們並非真實人類，而是人們殘留在白夜裡的記憶。顯而易見，無論是真人還是一縷意識，突然遭遇這樣的變故，都會被嚇得不輕。

「這、這是什麼東西？」一個男生猛地站起：「學校瘋了……我、我要出去！」

他說著就要往外走，與門邊的國文老師擦肩而過時，後者偏了偏腦袋。

它雖然沒有雙眼，在那一瞬間，白霜行卻感受到一股冷冽且駭人的視線。

像冰，也像刀。

——下一刻，男生的脖頸中央陡然生出一道裂口，將脖子一分為二！

鮮血噴湧，一具生機全無的身體直直摔倒在地，發出「砰」的一聲悶響。

隨之而來的，是教室裡此起彼伏的尖叫。

濃郁的血腥味蔓延，男生倒地後，身體無聲化作一縷白煙，只剩下滿地血跡。

沈嬋被嚇得一激靈，一把抓住白霜行的手臂。

白霜行拍拍她的手背，聽見自己的心臟劇烈跳動的聲音。

「校規第二條。」身穿西裝的國文老師微微頷首，聽聲音，是個文質彬彬的青年男人：「嚴格遵守作息時間，不遲到、早退，不曠課。都這個時候了，怎麼還有不遵守校規的學生？」

班導師臨走前，特地叮囑過一定要遵守校規。

現在看來，一旦違反……下場只有死路一條。

校規，就是這場白夜挑戰中不可忤逆的規則。

國文老師走向講臺，淡淡瞟向他們的桌子：「同學們，好久不見。這節課是國文——我看看，為什麼這麼多同學沒有拿出國文課本？」

短短一段話，如同催命毒咒。

不少人意識到危險，匆匆從抽屜裡拿出書本，白霜行和沈嬋也不例外。

「今天我們要講的是古詩，請同學們翻到六十五頁。」

國文老師尾音噙笑，聽起來頗有紳士風度，站在講臺上，伸出骨節分明的手，翻動幾頁教科書：「李白〈蜀道難〉裡寫，西當太白有鳥道，可以橫絕峨眉巔。他道『黃鶴之飛尚不得過』——」

它說著抬頭，悠悠掃視在場的學生：「下一句是什麼？」

所有學生不約而同低下腦袋，聽它繼續道：「班長，你來。」

坐在第二排的清瘦男生打了個哆嗦，想要站起來，卻因為雙腿發軟，在座位上一個踉蹌。

他努力站穩，小心翼翼，不敢有半點差錯：「是……『猿猱欲度愁攀援』。」

「嗯。」國文老師點頭，示意他坐下：「這句話的意思是，山峰陡峭聳立，黃鶴難以飛過，擅長攀爬的猿猴也愁於翻越。」

它心情不錯，又抽選幾個學生進行古詩詞問答。有人能順利答對，有人支支吾吾說不出話，也有人當場哭了出來。

這次沒有人被不由分說地割斷脖子，面對回答不出問題的學生，國文老師頂多表現出幾分惱怒，訓斥幾句。

白霜行把一切看在眼裡，心下了然。

只要不觸犯校規，就目前看來，他們不會有生命危險。

……但白夜真的會這麼好心？

「課前抽查完畢，大家表現得不錯。」頭頂一本巨大的國文課本，西裝男直挺挺站在講臺上，說到這裡，語氣中平添笑意：「那——」

它說：「下面，我們來正式上課吧。」

——咦？

從它的笑聲裡，白霜行敏銳地察覺出怪異。

她正要提醒沈嬋小心，眨眼時，忽然感到一道淩厲的、近似於山巔之上的冷風。

與此同時，耳邊又一次傳來數道驚呼——

熟悉的教室在須臾間消失不見，放眼望去，四周皆是群山巍峨、壁立千仞，包括她在內，共有六個人站在懸崖之上，稍不留神，就會墜落山谷。

「這是……」沈嬋反應飛快，用不敢置信的語氣開口：「不會吧，這難道是『西當太白有鳥道，可以橫絕峨眉巔』？」

她話音剛落，就聽虛空之中響起國文老師的聲音。

「實踐出真知，今天，我將帶大家親身體會古詩詞文化。」它笑了笑：「古詩詞中蘊含的美，就留給同學們自己探索吧。每六人為一個小組，只要探索完畢，就能結束本場課程——祝你們學得愉快！」

不知是誰無比憤怒地罵了幾句髒話。

「也就是說，古詩文裡出現過的句子，我們都要親身經歷一遍？」陳妙佳渾身戰慄，連帶著聲音也輕輕顫抖：「之前……它還問過你們什麼句子？」

「岑參的〈走馬川行奉送出師西征〉。」一個戴眼鏡的男生帶著哭腔答：「風頭如刀面如割，馬毛帶雪汗氣蒸，五花連錢旋作冰……」

白霜行皺了皺眉。

句詩裡不僅有雪，還有風。

此時此刻，他們身處絕壁之上，一旦狂風襲來，便會像蓬草一樣被直接吹飛，墜落山崖。

所以這場白夜才會是中等難度。

除了那些古怪的規則，為期兩天的「課程」同樣能要了她和沈嬋的命，國文課尚且如此，不知道其他課程會有怎樣的惡趣味。

「杜甫的『入門聞號啕，幼子饑已卒』。」

另一個女生接話：「還有白居易的〈觀刈麥〉，足蒸暑土氣，背灼炎天光。」

好喔。

極寒極熱極其凶險，還附帶極度饑餓的虛弱狀態，老師不愧是老師，幾乎把古詩裡的所有惡劣條件都挪用了過來，會玩。

就這配置，五毒俱全了。

「這裡四處是懸崖，太危險。」白霜行當機立斷：「如果等等真的會出現極端天氣，我們必須儘快找到掩體——否則大風一來，大家會處在非常危險的被動狀態，很可能失足掉下去。」

「你們快看！」在她不遠處，戴眼鏡的男同學雙目通紅，輕顫著抬起右手：「那是什麼？」

白霜行聞聲回頭。

遠處是層巒疊嶂、崇山峻嶺，放眼望去一派蔥蘢碧色，翡翠連織。

然而在其中一座山頭上，萬千霜雪鋪天蓋地而來，將峰頂迅速染成雪白色，旋即帶著蝗蟲過境之勢，席捲整座山峰。

如顏料潑灑，飛快把畫紙暈染上灰白色，不過三秒鐘，浩浩蕩蕩的飛雪裹挾著刀一樣的疾風，排山倒海向著他們湧來！

眼鏡男面無血色：「快、快跑！要是被那種風吹到……會死的！」

他神色慌亂，動作亦是慌張，完全沒注意腳下長滿青苔的狹窄小道。

青苔沾了晨間的露水，格外濕漉易摔，他一個不留神，腳底一滑。

身下是萬丈高的懸崖，如同能把人一口吞沒的深淵。

一瞬間大腦空白。

然而預想之中的墜落並未出現，一道人影從身側而來，眼疾手快拉住他的手。

是六人小組中的另一個男生。

他高高瘦瘦，力氣倒是很大，動作俐落地用力一拉，便把眼鏡男生拽回崖上。

由於背著光，白霜行看不清他的長相，只聽那人低聲說了句：「小心。」
很乾淨的聲音。
陳妙佳面色如紙：「快走吧！那邊的雪已經快要——」
說到這裡，她神情驟變。
疾風回雪襲掠山間，如萬馬千軍。
第一縷凜冬的冷風，重重拍在她的左臉上。
極痛極冷，像一道冰涼的耳光，而在它之後，是足以凝水成冰的極寒風暴。
白霜行蹙眉：「找掩體，快！」
同一時間，監察系統六六三愉快地轉了個圈，裙擺飛舞，帶來朝氣蓬勃的系統提示音。
『叮咚！』
『在詩詞中領略大自然的美好，在文化裡感受華夏五千年的傳承。』
『——輕鬆愉快的國文課，開始了！』

第二章　國文課

疾風呼嘯。

白霜行領略到什麼叫「風頭如刀面如割」，當冷風掠過側臉，像是銳利的刀。臉上被吹得生疼，雙眼更是難以睜開，滿天狂風夾雜著白茫茫的飛雪，哪怕竭盡全力睜了眼，也只能見到一片朦朧雪白。

如果僅僅只是風和雪，不至於有生命危險，奈何他們偏偏站在狹窄的懸崖上，狂風一吹，每個人好似伶仃的浮萍。

要是摔下去，就完了。

所有人對這一點心知肚明，努力穩住自己的身形。就算是一直打著哆嗦的眼鏡男，也在求生意志下拼命站穩腳跟。

白霜行扶著身邊的絕壁，儘量不去看腳下的萬丈懸崖。

她有點懼高，被架在這種令人頭皮發麻的高度，只覺得腦子嗡嗡作響，一陣眩暈。

「這裡路太窄，只能容許一個人通過。」

在場的幾個高中生沒經歷過大風大浪，被突如其來的變故嚇得手足無措。

白霜行用手掌擋住部分冷風，沉聲開口：「我們很難轉身，不如就按照現在面對的方向往前走——扶緊身邊的山壁，注意腳下，一定要小心。」

小組中的陌生女孩站在最左，按順序，她排第一個。

恐懼感幾乎要將她吞沒，直到聽見白霜行的聲音，才終於恢復幾分安心。

人的情緒能夠傳染。

在這種情況下，如果所有人戰戰兢兢、亂作一團，恐懼感只會在人與人之間無止境蔓延，讓他們死無葬身之地。

出現一個較為冷靜的主心骨後，如同打了一針安定劑。

儘管害怕得厲害，女生還是深吸一口氣，含著眼淚緩步向前。

白霜行看身後的沈嬋一眼，確認她安然無恙，也邁開腳步。

這樣的滋味並不好受。

風雪之後，是急劇下降的氣溫。

他們穿著秋天的制服，身邊的溫度不斷往下降，從最初的冷意森森，到現在的寒氣刺骨。

氣溫直逼零下，崖壁上的野草結出冰霜。

這讓白霜行一陣恍惚，不禁想起在百家街裡滅掉三盞陽火的時候。

當時她覺得冷，鬼氣幽幽，骨髓發麻；與之相比，大自然的侵襲更猛烈也更殘酷——

這是擺在明面上的殺意，讓人戰慄發抖，四肢幾乎凍僵。

眼鏡男膽子很小，嗚嗚咽咽，小聲哭了起來。

沈嬋走在她身後，戳戳白霜行的肩頭，被冷得說話都在發抖：「妳還行嗎？我記得妳懼高。」

白霜行點了點頭。

但很快，她意識到不妙。

肚子裡的感覺，越來越空。

紛紛揚揚的大雪吸引所有人的注意力，直至此刻，她才察覺到身體的變化。

小腹中的饑餓感越來越強，就像一隻饑腸轆轆的野獸發了瘋，不停啃咬她的五臟六腑。

是「入門聞號啕，幼子饑已卒」。

令人絕望的饑餓。

「靠。」即便在大風中很難開口說話，沈嬋還是憤憤然吐槽一句：「這時送繽紛全家桶，大禮包一起丟給我們呢！」

「我、我看到了！」最前面的女生顫聲說：「不遠處有個山洞！」

風太大，她的嗓音如同飄飛的柳絮，只能捕捉到微弱一點。

但即便如此，這句話還是給了所有人求生的希望。

「別急。」不久前扶住眼鏡男的少年開口：「前面的路很危險，不要被打亂速度。」

在這群涉世未深的高中生裡，他顯然是最冷靜的一個，從始至終沒怎麼說話，連抱怨都沒有過。

他說完一頓，略微轉過頭，看向隊伍末尾的白霜行等人，不知道是不是錯覺，語氣有些拘謹生硬：「妳們還能堅持嗎？」

沈嬋有氣無力：「謝謝，還行。」

繼續往前，視線穿過朦朧飛雪，白霜行明白了他口中「路很危險」指的是什麼。

迄今為止，他們走過的崖邊小路勉強算是平坦，只要穩住腳下，不會有危險。

然而通往山洞的道路，惡意就大了很多。

山勢陡峭，崎嶇不平，中間是垂直的石道，彷彿被巨斧劈砍過。

旁側的石壁光滑無比，讓人很難扶穩，峭壁高聳，投下黑黢黢的倒影。

前面幾人有驚無險地走過，輪到白霜行。

她沒出聲，手中滿是冷汗。

腳底的石道幾乎是九十度垂直，寬度極窄，一不留神就會摔下去。

她想要平安通過，必須緊緊盯著地面，但只要一低頭，就會望見令人頭暈目眩的萬丈深淵。

更不用提身旁呼呼的冷風，以及身體裡不斷叫囂著的饑餓。

白霜行抿緊唇，謹慎邁出第一步。

石道很滑。

踩在上面，像走在冰面上。前所未有的失重感將她包裹，狂風洶湧，隨時會把人掀翻。

再往前時，目光不經意間掠過身旁，白霜行微微一愣。

在漫天純白的大雪裡，她瞥見一抹純粹的黑。

那是沈嬋外套的顏色。

細細去看，原來是沈嬋伸出一隻手，牢牢護在她身邊，如果她腳下不穩，能被對方一把抓住。

沈嬋記得她懼高。

心頭的窒息感莫名消散許多，白霜行眼睫輕顫，繼續往前。

不只她，身前的陳妙佳似乎也格外恐懼這樣的高度，一邊走，一邊發著抖。

——為什麼偏偏是她遇上這種倒楣的事情？學校裡究竟發生了什麼事？還有班導秦老師，她怎麼會變成那種樣子？

今天……他們會死在這裡嗎？

視線又一次瞟過腳底，她的眼眶已被淚水占據，小心翼翼邁出下一步。

忽然，陳妙佳屏住呼吸。

是風。

原本的冬風雖然冰冷透骨，但只要身體發力，把注意力集中在腳上，就不會被吹得東倒西歪。

就像無比殘酷的惡作劇。

當她抬起右腳，狂風驀地狂湧而至——好似滔天巨浪，將她陡然掀倒！

她連慘叫聲都沒來得及發出來。

踩在石道上的左腳隨之一滑，失重感鋪天蓋地。

身體斜斜倒下的瞬間，陳妙佳看見深不見底，被雲霧籠罩的斷崖絕壁。

她完蛋了。

一個念頭匆匆閃過腦海，正是在這一秒，另一股力道不期而至，穩穩按住她的肩膀。

陳妙佳身形晃動，被用力一按，整個人重新站直。

「別著急。」身後傳來白霜行的聲音，很輕，卻篤定：「萬一有事，我會拉住妳。」

眼淚終於止不住地落下來。

陳妙佳重重點頭。

於是她們三人形成奇妙的默契，沈嬋時刻留意白霜行的動作，白霜行則把右手搭在陳妙佳肩頭，給她一點心理安慰。

置身於絕境，每個人都會心生驚怖，大家彼此間相互有個照應，逐一分擔恐懼，總好過一個人孤零零地擔驚受怕。

走下石道，好不容易來到山洞前，白霜行長舒一口氣。

不知是由於饑餓還是緊張，她的雙腿有些發軟。

洞穴是他們唯一能棲身躲藏的地方，眼鏡男沒有猶豫，直接走入其中。

白霜行經歷過一場白夜，對這種挑戰擁有下意識的防備心，進去之前，把山洞打量了一遍。

不大，洞口前爬滿藤蔓，這時遭到霜雪侵襲，被染成白茫茫一片。

從外部看去，沒什麼特別的地方。

眼鏡男、短髮女孩和陳妙佳依次走入，也許因為覺察到白霜行的遲疑，高瘦少年腳步頓住，站在迷濛風雪之中，回頭看她一眼。

他的眉眼被雪霧模糊，看不清晰，白霜行向他禮貌頷首，轉頭望向沈嬋：「走，進去吧。」

走進山洞，白霜行往手心哈了口熱氣。

不得不說，現在的感覺猶如重獲新生。

找到一處隱蔽的角落後，風雪大多被攔在洞外。洞口仍有風，但只要離得夠遠，就不會感到刀割一樣的疼。

最重要的是，不再行走於峭壁之上，每個人或多或少有了一絲安全感。

「我、我以後再也不喜歡國文了。」短髮女孩哇地哭出來：「這種課誰想上啊？」

眼鏡男生也在掉眼淚：「只要讓我從這裡離開，我願意連續做一個月的國文卷子——不，一輩子！差一年一月一天一小時，都不算一輩子！」

陳妙佳的神色悲慟而絕望：「學校是想告訴我們，學等於死嗎？它明明可以直接殺死我們，卻讓我們來上課。」

這群高中生幼稚得有些可愛，白霜行揉了揉眉心，看向四周。

阻隔風雪後，他們面臨的困境有兩個。

饑餓與寒冷。

肚子裡空空如也，饑餓感快把身體掏空；逼近零下的溫度令人難以忍受，每一次呼吸，冷空氣沁入血肉。

她默不作聲，看向腦海中的系統商店。

壓縮餅乾是一積分，每袋三塊。

至於寒冷——

視線掃過山洞，停留在陰暗的角落。

這裡的山林曾是枝葉繁茂，除去洞口瘋長的藤蔓，洞穴中同樣散落著深褐色的樹枝。

陳妙佳也發現這一點：「樹枝是木材……難道我們還要鑽木取火？」

話剛說完，就見白霜行拿出打火機。

還有兩袋壓縮餅乾。

陳妙佳呆住。

她不太理解。

這……這是真實存在的東西嗎？就算白霜行的上衣有口袋，誰上學會帶兩包壓縮餅乾？而且，看樣子，她打算把這兩樣救命的東西分給他們？

「吃這個填一填肚子，每人一塊。」

白霜行將一袋餅乾輕輕拋去，被滿臉茫然的陳妙佳伸手接住，緊隨其後，從角落裡拾起幾根木柴。

高瘦的少年很有眼力，沒有多問，起身一同幫她尋找柴薪。

「餅乾、打火機……」眼鏡男生弱弱開口：「白霜行同學，學校裡禁止抽菸，和吃零食。」

「人家明明是我們的救星！」陳妙佳緩過了神，被冷得不停顫抖，自覺撿起身邊的樹枝：「新同學別聽他亂說，他是我們班的風紀股長——都這種時候了，誰還管你打算幹什麼？我就是要抽菸吃零食談戀愛，破學校，呸！」

短髮女生擦了擦臉上的淚痕：「新校規裡，好像沒禁止這些。」

她說著抬頭，感激地看向白霜行：「謝謝妳。」

所有人饑腸轆轆，壓縮餅乾數量不多，白霜行如果想獨吞，他們也沒辦法。

但她選擇平分給在場的六個人，給他們活下去的機會。

沈嬋對陳妙佳的話表示贊同，也在尋找木柴：「妳說得對，破學校！我和霜霜才剛入學一天啊，這什麼運氣！嘶，冷死我了！」

白霜行抿唇笑笑，走到山洞比較不透風的地方，用打火機點燃木柴。

高瘦少年默不作聲，站在冬風吹來的方向，為她擋下幾縷寒潮。

火光明亮，瞬息間照亮洞穴。

大家一起湊上來。

火苗起初只有小小一點，隨著不斷添柴加薪，火勢漸大。

久違的溫熱悄然擴散，驅逐四肢百骸中針扎般的冷意，不多，卻令人安心。

在寒風凜冽的霜雪中，溫暖慢慢包裹他們。

「活下來了。」眼鏡男又一次掉下眼淚：「如果能出去，我要把這個打火機供在家裡。」

白霜行無聲笑笑，想到那位一直在幫自己的少年，側頭看他一眼：「謝謝你。」

抬眼的霎那，她愣然愣住。

對方坐在她身邊，聽她出聲，也轉過頭來。

眼前的高中生膚色很白，雙眼狹長漆黑，五官清俊，隱隱顯出幾分成年後的堅韌與硬朗。

之前他們置身於雪霧裡頭，看不清每個人的面部輪廓，直到現在，白霜行才發覺，這是一張似曾相識的面孔。

讓她想起某個十年前的小孩。

心口倏地一跳，白霜行脫口而出：「你……江逾？」

那人張了張嘴，沒發出聲音，下一秒，彎起乾淨的眉眼。

躍動的火苗倒映在眼底，像是含蓄微弱的光，他有些拘束與緊張，笑起來時，露出潔白的牙。

「……真的是妳。」江逾眨眨眼睛，聲音很低：「我還以為，妳把我忘了。」

山洞中的火光簌簌躍動，發出劈里啪啦的微弱聲響。

猝不及防與江逾的重逢，白霜行怔愣幾秒：「你——」

她有很多問題想說。

江逾這些年來過得怎麼樣？他從一開始就認出她了嗎？如果真的認出了她……十年前曾經見過的人，十年後的模樣居然毫無變化，他難道不覺得奇怪嗎？

白霜行設身處地代入一下，如果她是江逾，一定會感到驚懼與驚訝，而不是像他這樣乖乖上前主動打招呼。

她有些措手不及，下意識開口：「現在是哪一年？」

對方報了一個數字，是現實世界的兩年前。

這場白夜中的挑戰者只有她和沈嬋，其他學生都是殘留在學校裡的意識。包括眼前的江逾。

算一算時間，兩年後，他正好上大一。

「咦？」洞裡很靜，六人間的距離又離得很近。坐在火堆前的眼鏡男生聽見他們的談話，難免好奇：「小季，你們認識？」

白霜行一下子沒反應過來：「小季？」

「國三畢業的時候，我被一戶人家收養，改了名字。」身旁的人無聲笑笑，有些靦腆：「是季風臨。」

百家街的房東確實提起過，由於父親去世、母親不知所蹤，男孩被送進育幼院裡。被人收養，理所當然會改名換姓。

他說完想了想，耐心解釋：「季節的季，風雪的風，降臨的臨——妳如果覺得不習慣，繼續叫我江逾就好。」

季風臨。

白霜行在心裡把這個名字默念一遍。

換掉也好。在江家的日子猶如地獄，這個全新的名字，象徵他新的人生。

眼鏡男生吸了口冷冰冰的寒氣：「你們還真的認識啊。」

沈嬋也睜大雙眼：「你就是綿綿的哥哥？哇塞，真是踏破鐵鞋無覓處，得來全不費工夫——」

她說著一頓，覺得這句話用得實在不妥，於是把剩下的全咽回肚子裡。

這哪是「得來全不費工夫」啊，為了尋找江綿她哥，她和白霜行被生生拉進一場白夜裡，命都快搭上了。

不過看對方的反應，她有點佩服這個高中生弟弟。

江逾——或是說現在的季風臨，他的情況應該和宋晨露差不多。

在現實世界中，白夜裡的一切未曾發生。

他遇見白霜行、和妹妹江綿一起看完整場電影、聽白霜行說起那段有關「重逢」的話，林林總總，全部化作南柯一夢。

幾年後，他又一次遇到夢裡的人，居然順理成章接受了事實，沒表現出任何驚慌和反感。

說者無心聽者有意，沈嬋只不過隨口吐槽一句，身穿藍白制服的高瘦少年卻是微怔。

他一時沒出聲，再開口時，語氣裡是顯而易見的緊張，以及隱祕的期待。

好像……還有點開心。

他說：「……綿綿？」

果然。

哪怕過去這麼多年，他心裡最為在意的，永遠是妹妹江綿。

百里和房東死去後，警方搜尋過四四四號住宅樓，在地下室裡發現江綿的ＤＮＡ。

在所有人眼中，江綿毫無疑問死在那個凶險的夜裡，沒有生還的可能性。

身為哥哥的他卻執拗道：「妳們……在那之後見過她？」

白霜行沉默片刻，看向他的眼睛。

然後點了點頭。

打開技能面板，「神鬼之家」的成員們逐一浮現。

江綿處於極度虛弱的沉眠狀態，她試著按下召喚。

系統很快給予回應：『檢測到挑戰者身處白夜之中，每場白夜僅可召喚一位家人，且僅能召喚唯一一次。』

『是否使用該技能？』

不帶絲毫猶豫，白霜行選擇『是』。

然而出乎意料地，這次的召喚與之前並不相同——

技能發動以後，系統畫面載入十幾秒鐘，最後江綿沒來，腦海中反而出現一個方方正正的彈跳視窗。

『很抱歉，「江綿」狀態極度虛弱，未能成功喚醒。』

心口忽地空了空，白霜行眉心一跳。

啟程前往興華一中時，江綿精疲力竭，必須透過沉眠慢慢恢復，不知道什麼時候才會甦醒。

怎麼偏偏是這種時候……

「我們見過她。」無奈，她只能先回答少年的問題：「……不久後，你一定也能見到她。」

對方看起來非常好哄，聞言一愣，竟沒有任何反駁與懷疑的意思，而是揚唇笑了笑：

「謝謝。」

「你們有沒有覺得——」其他人聽不懂他們話裡的玄機，一片寂靜裡，陳妙佳忽然開口：「氣溫，似乎恢復正常了。」

白霜行收回注意力，看向山洞之外。

陳妙佳所言不假，他們四周的溫度正在逐漸上升。

積雪悄然融化，難以忍受的嚴寒不知什麼時候減少許多，如同春回大地，凜冬消退。

白霜行卻敏銳地察覺到危險。

「這是……」短髮女生不敢相信：「我們終於通過挑戰了？」

「恐怕不是。」白霜行迅速起身：「山洞裡有沒有凹槽？可以放進東西的那種。」

「靠。」陳妙佳也意識到問題所在：「我們還剩下一句古詩。」

——足蒸暑土氣，背灼炎天光。

極度的寒冷過後，很可能是令人窒息的酷暑。

「我們沒有水，如果溫度急劇增長，到時候只會又熱又渴。」白霜行環顧四周：「我的建議是，把雪收集進山洞，等它們融化成水，就算不喝，也能蒸發降溫。」

如果在城市裡，雪水一定是不能喝的。

城市污染嚴重，四處可見灰塵，雪花紛紛揚揚落下，裹滿了塵土和污染物。

不幸中的大幸，這裡不同。

國文老師選擇的場景藏於深山，放眼望去山清水秀，不用擔心污染問題，到時候如果太渴，雪水能夠救命。

沈嬋最給她面子，立馬附和：「那邊有個凹進去的橢圓大洞，可以用來裝水。」

想到不久前經歷過的險象環生，其他人哪敢鬆懈，紛紛起身。

山洞裡沒有積雪，幾人三三兩兩分開，從洞外搬來開始融化的雪堆。

「饑餓」的狀態還沒消退，一塊壓縮餅乾並不能填飽肚子，頂多讓他們不會餓昏過去，但為了求生，哪怕餓得頭昏眼花，所有人還是咬著牙一步步往前。

白霜行抱著個巨大的雪團，被冷風一吹，輕輕咳了咳。

下一刻，她發現風消失了。

心有所感，白霜行側頭看去，在風來的方向見到江逾。

嗯……或是叫他季風臨。

「謝謝。」她沒有矯情，一語中的：「你想問關於江綿的事吧？」

之前在山洞裡，所有人圍坐一團，不適合展開接下來的話題。

現在六人分開，他一定會抓住這個機會。

對方也很直白：「嗯。」

他一頓：「妳的樣子，沒有變。」

「這件事很難解釋，你可以暫時理解為時空穿越。我作為幾年後的人，與你的時空發生重疊。」白霜行努力措辭：「至於綿綿——」

她指了指身邊的山峰和白雪：「親身經歷這種事情，對於超自然事件，你應該有一定的接受能力了吧？」

季風臨：「妳的意思是，她以鬼魂的形式存在。」

「……嗯。」比想像中更加容易，白霜行鬆了口氣：「你就，這麼相信了？」

她抬眼看向對方：「不想懷疑我一下？」

季風臨無聲笑笑，看了遠處凌天的高峰一眼：「妳剛剛也說了，親身經歷這些事情之後，對超自然事件的包容度會提高很多。」

他說著垂下眼，笑意漸退，聲音很低：「從幾年前開始，我就這麼想了。」

白霜行：「嗯？」

「一夜之間，四四四號的天師、房東和江成仁，他們都死了。」季風臨說：「警方給出的原因是集體幻覺，但這個理由明顯說不通——天師作惡這麼多年，怎麼偏偏在那天晚上出現幻覺？還有江成仁，他利用綿綿賺了一大筆錢，怎麼可能輕而易舉上吊？」

江成仁是他和江綿的生父。

這是個聰明的小孩。

白霜行了然：「所以，你想到了鬼？」

「妳帶我和綿綿去看電影，是在她遇害以後。」季風臨頷首：「雖然所有人都告訴我，天師的弟子裡沒有人叫『白霜行』，根據監視器記錄，我也從沒進過電影院，但是……」

他的音量更輕：「妳們消失後，我特地向同學詢問那部電影的劇情。」

不出所料，劇情和他記憶裡的一模一樣。

他真的看過那場電影。

從那時起，不到十歲的男孩隱隱生出一個念頭。

在監視器之外，在所有人的記憶之外，甚至在真實的世界之外，有個名叫「白霜行」的人曾經出現過，帶著他已經死去的妹妹，一同看了他有生以來的第一部電影。

這是任何人都會覺得荒誕不經的情節，他卻始終牢牢記在心底。

包括那個「會和重要之人重逢」的約定。

在許許多多的日夜裡，這是他唯一的慰籍。

沉默的少年安靜片刻，目光柔軟許多：「綿綿她過得好嗎？」

「應該還不錯？」白霜行偏了偏腦袋：「如果能見到你，她一定會更開心。」

於是他溫和地笑開：「謝謝妳。」

「別謝了。」白霜行也笑：「從見面到現在，我們話沒說多少，已經講過不知道多少次『謝謝』。」

對方一時接不住話，似是有些怔忪，摸了摸鼻尖。

像是在認真思考，該怎樣和她交談似的。

談話間，二人一起進入洞穴。

大家來回搬了不少雪堆，不到兩分鐘，外面的積雪全部融化，水漬滲進泥土之中，不見蹤跡。

再然後，就是不斷攀升的溫度。

一輪火紅的太陽破開雲霧，灑下滾燙金輝，所過之處燥熱難耐，好似蒸籠。

「這也太熱了吧！」洞裡的柴火被熄滅，陳妙佳坐在太陽照射不到的陰影裡，脫下制服外套。

「還、還行。」眼鏡男生苦著臉：「至少沒讓我們頂著太陽出去幹農活。」

這首詩出自〈觀刈麥〉，描寫的是古時農民在烈日下辛苦耕耘的場景。

如果要他們完全還原，那絕對是一場難以想像的噩夢。

溫度還在上升。

四周一點風也沒有，空氣變得滾燙，呼吸時，彷彿吸入一團火。

身體裡的水分迅速蒸發，給人古怪的錯覺，彷彿再過一下子，慘遭融化的就會輪到自己。

除了外界炎熱的天氣，每人的身體同樣熱得像火焰，大家自覺拉開彼此之間的距離，試圖降低溫度。

短髮女生有氣無力：「我們要在這待多久？」

「不知道。」沈嬋搖頭：「維持水分，儘量少說話吧。」

「水……」陳妙佳有些恍惚，口乾舌燥：「對了，水……我能喝一點嗎？」

沒有人反駁。

於是她走向洞穴角落。

這裡有個凹陷下去的圓槽，雪堆早已融化，變成圓槽裡的水。

到了這種關頭，見到清淩淩的水波，即便望梅止渴，也能讓人感到莫名的安心。

陳妙佳小心翼翼捧起一口水，送進嘴裡。

很難形容這捧水帶來的感受，清潤而美妙，讓人如獲新生。

想到還有其他人，她沒喝太多，拖著疲憊的身體回到原位。

時間過得很慢。

在枯燥且燥熱的環境下，每分每秒被無限拉長。意識被熱氣蒸騰成空白一片，疲憊感洶湧如潮，六人一言不發地安靜等待。

那些水成了救命稻草，實在難受，就去喝一些。不知過去多久，氣溫終於出現下降的趨勢。

也正是同一時刻，耳邊傳來國文老師欣慰的笑音。

「恭喜六位同學，成功完成國文實踐之一！」

實踐結束，他們活下來了。

聽見這道聲音，眼鏡男生又又又一次癟嘴哭了出來——只不過這一次，身體裡的水分含量岌岌可危，他沒掉出半滴眼淚。

溫度漸漸緩和，白霜行強撐起精神，再眨眼，眼前的景象驟變。

山洞消失了。

氣溫在迷迷糊糊間恢復正常，剛才發生的一切就像一場夢，只剩下口乾舌燥、精神恍惚。

白霜行抬頭，皺了皺眉頭。

實踐結束後，他們沒有回到教室。

他們身處寂靜荒涼的亂葬崗，好幾個墳包雜亂佇立，映襯出皎潔清冷的月光。遠處響起幾聲淒厲的鳥鳴，如泣如訴。

沈嬋傻眼：「這裡……」

他們為什麼還在國文老師設下的場景裡？

「各位同學，好久不見。」身穿休閒西裝的人形課本出現在一座墳前，看起來很有紳士風度：「你們能通過第一場實踐，老師很欣慰。」

沈嬋差點罵人：「等等，第一場實踐？什麼叫『第一場』？」

「相信大家已經發現了，迄今為止我們複習到的古詩，都是用來描述天氣、環境和地形地勢的句子——也就是記錄大自然。」國文老師沒理她，自顧自說：「自然風光當然重要，但說起古詩詞，怎麼能少了獨有的風土人情呢。」

沈嬋：「什麼天氣環境大自然……並沒有發現好嗎！」

白霜行心中湧起不好的預感。

她覺得，這一關還有更折磨人的後續。

頭頂上的國文課本兀自翻頁，國文老師哈哈大笑：「歡迎來到國文實踐課堂的第二課！」

它說話時，墳地中央出現一個巨大的轉盤，轉盤被分成幾十等份，每一份寫著一句詩。

而在它和白霜行等人身旁，分別浮現一面凌空的黑板。

「接下來，我們將輪流轉動轉盤。」國文老師慢悠悠地說：「指標最終停留的區域，無論是哪一首詩詞，都將具象化出現在我們身邊——」

它笑了笑：「並作為己方戰力，參與一場驚心動魄的大混戰。」

白霜行：「大混戰？」

「沒錯，我是你們的對手。」國文老師好整以暇，充滿期待：「為了保證公平，你們每次只能派出一個人轉動轉盤——不然我一對六，實在沒什麼勝算。」

白霜行聽懂了。

他們六人將成為一體，站在國文老師的對立面，至於轉盤上的古詩詞——

她遙遙看去，距離太遠，只能隱約辨認出幾句。

『十步殺一人，千里不留行。』

『但使龍城飛將在，不教胡馬度陰山。』

當然，除了這種氣勢磅礡的，也有『雲鬢花顏金步搖，芙蓉帳暖度春宵』這樣的句子。

「……哇塞。」沈嬋有感而發：「這種體驗形式，比之前那個有意思多了。」

白霜行沒說話。

以她對白夜的瞭解，所謂的「實踐課程」絕不會輕鬆簡單。

「為了讓大家更好地適應規則，不如由我開個頭吧。」國文老師上前幾步，頭頂的書頁沙沙作響，像是在笑：「嗯……不知道這一次，老師能轉出什麼來呢？」

他說著，右手伸向轉盤。

圓盤呼啦啦轉起，白霜行不敢放鬆警惕，屏住呼吸。

事實證明，她心中糟糕的預感並非空穴來風。

——指針停在『秋墳鬼唱鮑家詩，恨血千年土中碧』。

「噢，這是首不錯的詩。」西裝怪物哼笑兩聲：「它出自詩鬼李賀的〈秋來〉。」

直白翻譯，就是「孤魂野鬼們在墳前吟誦詩句，怨恨的血化作碧玉，千年難消」。

這是千年厲鬼。

指針停穩，墳地陰風乍起。

氣氛陰森詭異，時值深夜，月亮被黑黢黢的雲朵吞沒，天邊只有幾顆渾濁星子，四面八方黯淡無光。

隱隱約約的，耳邊傳來一聲聲淒婉哀怨的低吟。

陳妙佳和眼鏡男生雙雙戰慄，向著身邊的人迅速靠攏。

沈嬋壓低聲音：「快看那邊！」

白霜行望向她手指的方向。

夜色幽幽，濃霧忽起，從遠處密集的墳堆裡，緩緩走來四五個身穿白衣的遊魂。

祂們的臉色蒼白得可怕，雙目血紅，充滿怨毒，僅僅看上一眼，就讓人頭皮發麻。

幾個高中生哪曾見過這種景象，眼鏡男生渾身一抖，兩眼發直；短髮女生抖如篩糠，說不出話。

萬幸，也許是被第一場實踐鍛煉了膽量，沒有人尖叫。

「祂們沒發現我們。」白霜行想起墓地供奉時的經驗：「別看祂們，假裝無事發生，就算聽見祂們前來搭話，也不要回答。」

「我的回合結束了。」轉盤旁，國文老師彬彬有禮地開口：「接下來，輪到你們。」

沈嬋：「我們之間，有誰的運氣比較好嗎？」

「運氣好的人，根本不會遇上這種事情吧。」陳妙佳撓了撓頭，面露絕望：「反正我猜選擇題答案的時候，從沒猜對過。」

她想到什麼，戳了戳身邊眼鏡男生的手臂：「你不是號稱猜題之神嗎？」

對方一個激靈，忙不迭搖頭：「我？我不行的。」

「沒關係。」白霜行溫聲：「我們的機會不只一次，很可能每個人都要上去試一試，現在對戰剛開始，風險不大，容錯率比較高。」

就算轉到沒什麼用處的詩句，目前也不會威脅到他們的生命安全。

眼鏡男生遲疑半晌，終於點頭：「那……我去試試。」

他哆嗦著走上前，國文老師很有紳士風度，自行退讓幾步。

眾目睽睽之下，男生轉動轉盤。

當指針停下，他本就蒼白的臉色更加糟糕——是『慈母手中線，遊子身上衣』。

不是，這、這和上一句的差別也太大了吧！

六人身旁的黑板上浮起相同的字句，與此同時，一個身穿古時布裙的老太太緩緩現身，手裡拿著一針一線，滿臉慈愛。

眼鏡男生快崩潰了。

「是〈遊子吟〉啊！」國文老師笑：「很好很好，這是一首很有名的古詩，同學們有沒有倍感親切？」

老太太沒有發動任何形式的攻擊，站在原地繼續縫衣服。

學生們的回合結束，又一次來到國文老師的回合。

它表現得輕鬆愉快：「不知道這次會是什麼呢？」

轉盤骨碌碌運轉，當它的動作停下，所有人的目光停留在那句古詩之上。

『朦朧見，鬼燈一線，露出桃花面。』

「這首詩非常小眾，不知道同學們有沒有聽過？」西裝怪物很滿意：「清代黃仲則的〈點絳唇〉，寫的是女鬼來無影去無蹤，說不定什麼時候鬼火一閃……就到你面前。」

它這段話剛說完，便聽季風臨沉聲：「小心。」

他動作飛快，拉住眼鏡男生的手，將後者從原地拽開。

眼鏡男生雙腿發軟，面無血色。

就在國文老師說話的間隙，他的身側，忽然有微弱的亮光一閃而過。

隨即而來的，是一張美豔至極，卻也怪異至極的蒼白臉孔。惡鬼直直攻向他的心口，如果不是被拉了一把，現在的他，恐怕已被刺穿心臟。

死寂的空氣裡，響起女人嬌媚的笑音。

陳妙佳再也忍不住，咬牙低罵：「……靠！」

「陳妙佳同學。」從小到大都是風紀股長的眼鏡男生嗚嗚咽咽：「說髒話……說髒話不好。」

「當心。」季風臨沉聲：「那隻鬼不見了，不知道還會不會發起突然襲擊。」

「怎麼樣，這種身臨其境的課程很有趣吧！」國文老師看得心情大好：「下一個是誰？」

六人彼此對視幾眼，沉默間，沈嬋深吸一口氣：「我去。」

反正大家都要轉，她早死早超生。

這一次，指針停在了『有朋自遠方來，不亦樂乎』。

沈嬋：「……」

沈嬋：「……欸！」

這不是和那縫衣服的老太太一樣嗎！在這種生死攸關的場合下，正常人誰會「不亦樂乎」啊！

「這次是《論語》裡的句子。」國文老師欣慰點頭：「很好，與人為善，是一種美德。」

沈嬋：「……」

她只想把這個腦袋上頂著國文課本的怪物暴打一頓，希望這也是一種美德。

於是這一次，一個笑盈盈的中年男人出現在角落，眉眼彎彎，向在場眾人逐一打招呼。

白霜行聽著他的笑聲，暗暗皺眉。

「妳也發現不對了？」季風臨壓低聲音：「老師在作弊吧？」

白霜行點頭。

如果第一次只是巧合，他們這邊連續兩次霉運，就不太能說得通了。

更何況，轉盤上有幾十句詩詞，與鬼相關的不到五個，國文老師每次都能精準轉中……

她不信有這麼好的運氣。

接下來，雙方又交替轉動幾次轉盤。

國文老師抽中了〈垓下歌〉的『力拔山兮氣蓋世』、《漢書》裡的『明犯強漢者，雖遠必誅』。

還有〈俠客行〉中的『十步殺一人，千里不留行』。

毋庸置疑，這是三句強度極高的詩句。

第一句召喚出的男人力大如牛，向他們砸來一塊巨石，一行人險險躲開，差點被砸成肉醬。

第二句帶來的殺氣無與倫比，壓迫感沉重如山。

第三句就更不用說。

身著白衣的俠客幽魂手持長劍，迅疾如風，化作道道鬼影向他們襲來，劍鋒劃破空茫夜色，步步殺機。

雖然拼盡全力避開了致命的進攻，但每個人或多或少被劍氣所傷，從手臂、後背和小腿滲出鮮血。

倉惶逃跑時，陳妙佳的血跡滴到轉盤上。

與之相比，白霜行等人的陣容差了許多。

說一句「天差地別」不過分。

陳妙佳轉到了〈觀公孫大娘弟子舞劍器行〉中的『昔有佳人公孫氏，一舞劍器動四方』。

雖然聽起來有「劍」，但公孫氏其實是個舞姬，頂多拿著長劍跳舞而已。

輪到短髮女生，抽中的是〈木蘭辭〉裡的『將軍百戰死，壯士十年歸』。

在外行軍打仗這麼多年，當那位將軍被召喚而來時，已經遍體鱗傷，只剩下最後一口氣。

季風臨的運氣同樣糟糕。

當他的指針停下，轉盤上的字跡赫然是『雲鬢花顏金步搖，芙蓉帳暖度春宵』。

如此一來，學生這邊的陣容就成了一個慈祥和藹的老太太、一個笑呵呵的樂天派中年人、一個重傷瀕死的男人、一個漂亮姐姐和另一個漂亮姐姐。

眼鏡男生：「……」

短髮女生：「……」

陳妙佳：「……」

這是一群什麼樣的老弱病殘。

「我覺得，」陳妙佳絕望開口，「要不然投降了吧。」

短髮女生欲哭無淚：「我們和對面，根本就是不同畫風吧！」

「這種機率太不正常了！」眼鏡男生憤慨萬分：「那轉盤一定有問題！」

「哦？」國文老師聽見他們的對話，作為腦袋的書頁翻動幾下：「這位同學，說話可是要講證據的。」

「這還需要證據嗎？」沈嬋性子直，當即嗆回去：「明眼人都能看出問題！」

西裝怪物聳了聳肩。

當它再出聲，語氣裡多出惡劣的笑意：「先不說你們拿不出證據，就算我真的動了手腳……校規裡有說過，不能在轉盤上作弊嗎？」

簡直是無賴的邏輯！

眼鏡男生氣得發抖，想要開口，卻無從反駁。

規則裡，確實沒做出相關的要求。

「好了，馬上是最後一輪幸運大轉盤。剛才的打打鬧鬧只是見面禮，等這次結束，就到真正的大混戰了。」

國文老師語氣悠然，同情地看他們一眼。

「最後一輪需要選定混戰的背景地點，負責轉動轉盤選地點的一方，能得到一定程度的攻擊加成——我隨便轉一個古詩角色，把攻擊加成的機會留給你們吧。」

這次它還是「隨手一轉」，得到了〈出塞二首〉中的『但使龍城飛將在，不教胡馬度陰山』。

在場只剩下白霜行沒有使用過轉盤。

不知怎麼，她這次格外積極：「我來。」

「它看起來像是突發善心，引我們過去，不會有好事。」季風臨：「我跟在妳身邊，能有個照應。」

白霜行沒有拒絕，看向一旁的公孫大娘：「妳也一起吧。」

另一邊的國文老師咯咯嗤笑：「叫上她有用嗎？放心，在最終混戰到來之前，我不會對你們下死手。」

言下之意，等白霜行轉完轉盤，一切塵埃落定後，它勢必會把幾人趕盡殺絕。

它的惡意不加掩飾，白霜行並不在意，直接向前。

眼前是巨大的轉盤。

每首詩句都像一塊拼圖，穩穩拼接在圓盤四周，拼圖之間並不相貼，而是隔著小小一段間隔。

幾分鐘前，陳妙佳被「俠客」的劍風所傷，鮮血濺落幾滴，正靜靜覆在轉盤之上，遮掩了字跡。

白霜行沒忘記，當時的轉盤上，憑空浮起兩行字跡。

那是『語句不通，修改失敗』和『本句未啟動，無法使用』。

她有一個非常大膽的想法。

「準備好了嗎？」國文老師瞟她：「這位同學，不要緊張。」

白霜行回以禮貌一笑，轉動轉盤。

轉盤呼啦呼啦響個不停，當它穩穩停住，指針落在一行詩句上。

『離離原上草，一歲一枯榮。野火燒不盡，春風吹又生。』

是白居易的〈賦得古原草送別〉。

指針停頓，眼前的景象倏然變幻。

夜色褪去，天空中升起太陽和朵朵白雲。

放眼望去，草原無邊無際，盈盈綠草在微風中輕輕搖晃。

「是草原啊。」身穿西裝的怪物站在幾步外，笑意漸深：「既然場景和人物都確定好了……那，讓混戰開始吧。」

終於來到這一刻，它心裡的激動之情澎湃如潮。

這群學生如同單純無害的羔羊，最適合被一點點剖開。

它已經做好準備，親眼看著他們在群魔亂舞中尖叫逃竄、哭泣求饒，最終變成一灘可悲的血肉。

想想就有意思。

頭上的書頁因興奮而顫抖不休，當它口中最後一個字落下，身後的厲鬼們瞬間暴動——電光石火間，直直衝向幾個學生！

正是此刻，白霜行咬牙用力，將轉盤上『力拔山兮氣蓋世』的拼圖一舉撕下！

轉盤上浮起一行血紅小字：『不可出現空白格，修改無效』。

國文老師笑得更大聲：「怎麼，以為撕掉就能讓它消失？想什麼呢！」

眼看身前鬼火一現，妖異美豔的女鬼伸出血手。

季風臨伸手拽開白霜行，千鈞一髮，躲過致命的襲擊。

與此同時，白霜行猛然回頭：「公孫！」

國文老師對她同情又可憐，搖了搖腦袋。

如果鬼魂有等級，公孫一定排在中下，她能拿什麼救人，跳舞嗎？

它心中嘲笑著這群學生的幼稚，抬頭再看，忽地愣住。

誰能告訴它，這是為什麼。

原本柔柔弱弱的公孫大娘，居然兩手一抬……把女鬼直接舉起來扔出去了。

意識到問題，它匆忙看向轉盤。

『昔有佳人公孫氏，一舞劍器動四方』，後面的半句拼圖被白霜行取了下來，換上另一塊句子。

此時此刻，這句話變成了：『昔有佳人公孫氏，力拔山兮氣蓋世』。

……居然還挺押韻！

白霜行總算鬆了口氣。

看來她沒猜錯。

歸根結底，詩詞是由文字構成的，更改文字，詩句內容會發生翻天覆地的變化。

只要對轉盤上的句子進行修改，召喚出的鬼魂就能隨之改變。

陳妙佳的血落在句子上，由於遮蓋住一兩個字，讓句意產生變化，但古詩講究工整對稱、美觀押韻，隨意刪改文字，會被系統判定為修改失敗。

那如果，她使用對仗工整的其他句子呢？

「公孫！」白霜行再一次靠近轉盤：「攔住那個腦袋是國文課本的怪物！」

只要國文老師不出手阻止，她就有無限大的機會——比如這個。

手又是一動，兩塊拼圖貼合，形成全新的句子。

『慈母手中線，十步殺一人』。

眼睜睜看著慈眉善目的老太太神色劇變，手中針線耍雜技似的咻咻亂竄，國文老師傻眼了，眼鏡男生呆了，陳妙佳茫然了。

沈嬋呆滯幾秒後，驕傲地咧嘴笑起來：「不愧是我們霜霜！」

另外兩塊拼圖重新聚攏，笑呵呵的中年男人沉眉凝眸，目光一動，掩不住殺意洶湧。

——這是『有朋自遠方來，雖遠必誅』。

戰局瞬間扭轉，國文老師呆立其中。

它不明白，也不理解。

白霜行被戰鬥力暴增的鬼魂們團團圍住，它根本近不了身；至於它這一方的厲鬼……

它頭皮發麻，透過鬼影幢幢，望見轉盤上模糊的字跡。

『但使龍城飛將在，芙蓉帳暖度春宵』。

度春宵。

春宵。

宵。

……這種事情不要啊！

它氣得快要抓狂：「違規，妳這是違規、作弊！」

白霜行頭也不回，語氣理所當然：「是嗎？校規裡有說過，不能在轉盤上作弊嗎？」

這是它不久前趾高氣揚說過的話，時至此刻，被原原本本還了回來。

它在心中狠狠罵了句髒話。

「繞開它們！」努力讓自己保持鎮靜，國文老師匆匆避開突襲，看向遠處的幾個學生。

還有機會。

留在他們身邊的，唯有一個身受重傷自顧不暇的虛弱鬼魂，它只要一鼓作氣，就能把這群學生一鍋端了。

僅存的希望讓它難以按捺，西裝怪物腳下用力，以迅雷不及掩耳之勢飛速往前。

——快了！馬上就到了！

屬於它的厲鬼戰鬥力銳減，但對付這樣快要魂飛魄散的廢物，還是綽綽有餘。

傷痕累累的將士被剖開胸口，在濃郁的血腥味裡，國文老師輕笑出聲。

它馬上就能——猝不及防，它的笑聲停住。

跟在身邊的厲鬼被瞬間碾碎，不等它反應過來究竟發生了什麼事，脖子便被一雙冰冷的大手死死掐住。

……完了。

死亡的陰影如影隨形。

強烈的窒息感讓它喘不過氣，頭上的書頁簌簌一動，滿懷恐懼地看向身後那道影子。

居然是那個已經死掉的將士，雙目猩紅，殺氣洶洶。

這怎麼可能？

帶著滿腹狐疑，西裝怪物絕望轉頭。

在那塊圓形轉盤上，清清楚楚印刻著一行小字。

『將軍百戰死，春風吹又生』。

一陣春風輕輕拂過。

國文老師：「……」

在腦袋被澈底擰碎之前，它心裡只剩下無比震悚且驚詫的兩句話。

——你媽的，這也行？

伴隨一道呀擦聲響，國文老師的脖子被澈底擰斷。

它的頭顱是一本巨型國文課本，這時軟趴趴跌落在地，紙頁四散，被風吹得嘩嘩作響。

穿著休閒西裝的身體隨之倒下，與常人不同，沒有噴濺出任何血跡。

除了白霜行以外，這是在場所有人未曾料想過的結局——準確來說，不只人，還有系統。

身穿潔白小裙子的監察系統六六三雙手掩面，發出不敢置信的尖叫：『妳……妳做了什麼！這可是妳的國文老師啊！』

她的國文老師，才不是這種惡意滿滿，想把所有學生趕盡殺絕的怪物。

白霜行把手從轉盤上放下：「所以呢？」

她神色如常，彷彿正在談論一件再尋常不過的小事，而非國文老師在厲鬼襲擊下身首異處：「校規裡禁止過這一項嗎？」

六六三：『……』

校規裡，確實沒說。

——但尊師敬長珍愛生命不是人盡皆知的常識嗎！哪怕在大街上隨手抓一個正常人，對方都知道不能、也不應該幹出這麼殘暴的事情吧！

白霜行無辜挑眉。

這場白夜以「規則」作為基礎，只要不違背規則，監察系統就拿她沒辦法。

更何況，在這節國文課裡，是那個人身書頭的怪物先對他們動了殺心。

一旦她有任何心軟和猶豫，今天死在這裡的，將會是他們。

國文老師已然沒了氣息，在它沉沉倒地後不久，四周的景象迅速變化。

春風、草地和藍天白雲如同顏料褪去，站在白霜行身邊的鬼魂們不見蹤影，眼前的畫面好似光怪陸離的萬花筒，不停變幻、瀕臨崩潰。

空中響起類似廣播的機械音。

『唏……檢測到「國文課」資料異常，正在強行終止課程……唏！』

廣播聲落下，再眨眼，幾人回到熟悉的教室。

窗外是蔓延的紅霧，學生們呆呆坐在桌前，滿目皆是驚懼與茫然。

他們……不是正在上所謂的「國文課」嗎？

白霜行四處看了看，發現比起國文課開始之前，班級裡的學生銳減了三分之一。

不少桌子前空蕩蕩，無聲昭示著主人悲慘的命運。

——當然，僥倖存活下來的人，狀況都不怎麼好。

放眼望去，有的衣服被刮破露出身上鮮紅的血肉；有的餓得神志不清，昏倒在桌前；也有人被灼灼烈日炙烤得面無血色。

大多數活著的學生不知道發生了什麼事，只明白自己總算撿回一條命，紛紛露出驚喜的神情。

與白霜行同一組的學生們目睹了國文老師被斬首的全過程，雖然知道來龍去脈——但總覺得更加震驚了啊！

「我們出來了？」陳妙佳捏捏自己的臉頰，確認不是在做夢：「最後那一幕……應該不是我看錯吧？」

短髮女生呆呆點頭：「怪物的腦袋，被擰下來了。」

她從沒想過，國文課上的生死對決居然還能這麼玩。

當拿著針線的慈祥老太太化身屠殺鬥士時，她一雙眼珠子都快瞪出去了。

坐在前桌的眼鏡男生牙齒打顫：「我以後，一定，認真讀國文。」

他悟了。

看白霜行那番行雲流水的操作，一定對古詩詞非常瞭解——學好國文，或許能在某天、某個意想不到的事件中救下他的命。

想到這裡，他對白霜行的佩服又增加幾分。

在懸崖峭壁上，是她第一個提出尋找掩體；極寒來臨時，也是她把為數不多的壓縮餅乾分給所有人，讓他們不至於餓得昏死過去。

最後的那一手詩詞轉換更是出乎所有人意料，直接逆轉局勢、化守為攻。

就，真的挺厲害的。

教室裡鬧哄哄，所有人亂了陣腳，只想儘快從這個鬼地方逃出去。

猝不及防，一聲驚叫響起。

坐在第一排靠窗的女生顫抖著伸手：「講桌、講桌後面……」

有人好奇地上前查探，先是一愣，然後被嚇得後退一步：「是國文老師……」

他用猶豫的語氣顫顫道：「它的腦袋掉下來，死、死了。」

恰好在這時，教室的門被人打開。

白霜行循聲看去，居然是不久前突然消失的班導師秦夢蝶。

與長相怪異的國文老師相比，這位班導師是正常人的相貌，乍一看去，給人和藹可親的錯覺。

然而結合她的身分，只會讓人心生畏懼。

「國文老師遭遇教學事故，無法繼續授課。」秦夢蝶左手撿起散落在地上的國文課本，右手拽住國文老師冰涼的腳踝，緩緩往外拖行：「希望同學們不要因此受到影響，接下來，還有更豐富多彩的課程等著大家學習。」

教學事故？

不知道前因後果的學生們面面相覷。

這種級別的怪物能遇上什麼事故？在場都是手無寸鐵的學生，誰有那麼大的本事把它殺掉？

「班導師，對同事夠可以的啊。」沈嬋小聲吐槽：「運送國文老師的遺體，跟拽一條大香腸似的，一點也不憐香惜玉。」

她剛說完，就發覺自己被秦夢蝶淡淡瞟了一眼。

四目相對，沈嬋立馬閉嘴。

「論時間，還有一分鐘下課，現在仍然是上課時間。」班導師說：「上課時不允許外出，在下課鐘響起之前，請大家留在教室自習。」

她開口時嘴角上揚，噙著標準化的微笑。

笑容原本是親和力十足的表情，奈何她的神色僵硬至極，五官彎曲的弧度像被精準計算過似的，給人一種商場假人模特兒的錯覺。

很不真實。

班導師還想說什麼，張口的瞬間，忽然側過頭去。

白霜行聽見她禮貌地說了句：「校長。」

——校長。

這兩個字出現，讓她繃緊神經。

白霜行沒有忘記，在興華中學最後一條校規上，白紙黑字寫著「不要相信校長」。

一個中年男人出現在教室門口。

和班導師一樣，他的相貌與常人無異。

濃眉大眼，五官周正，舉手投足散發出文人的書卷氣息，兩鬢斑白，看起來文質彬彬。

平心而論，這是很容易讓人產生好感的長相。

「辛苦秦老師了。」校長的笑容比班導師自然許多，談話間嘆了口氣：「我聽說發生教學事故，特地來看看情況——哪位是白霜行同學？」

班導師誠實回答：「第一組倒數第二排，靠窗。」

中年男人投來探究的目光，白霜行沒有閃躲，坦然與他四目相對。

「這位同學，以後上課的時候，希望妳能多加注意。」校長的表情很無奈：「如果再惹出教學事故，我們校方很難辦。」

白霜行看出來了，無論班導師還是校長，對於同事的死亡，都毫無同理心。

比起國文老師的性命，他們更在乎學校裡的秩序和規則。

他的話說完，班裡的學生們齊刷刷看向白霜行。

——教學事故是她弄出來的？

當他們還在九死一生中痛苦掙扎時，這位新同學竟然把怪物的腦袋砍下來了？

班導師拖著國文老師的身體離開，校長為了維持紀律，暫時留在這裡。

白霜行明顯感覺到，當他走進來，教室裡的氣壓陡然降低。

「同學們都知道，興華中學是這一帶最好的高中。」校長的聲音溫和低沉，很好聽：「我們班是年級裡的資優班，無論如何，大家一定不能放鬆對課業的態度。」

他一頓，和善笑笑：「對了，學校今天出了全新的校規，同學們看過了嗎？」

有幾個學生謹慎點頭。

班導師僵硬得像塑膠假人，國文老師成了匪夷所思的怪物，從頭到尾回想一下，眼前的校長似乎最為正常。

他們不傻，牢牢記住了「不要相信校長」的規則，沒和他發生更多交流。

「看過就好。你們的班導師秦老師一向辦事效率很高。」校長頷首，笑意加深：「一定要把所有規則牢牢記住……要不然，會受到處罰。」

不明緣由的，從他最後一句話裡，白霜行聽出幾分微妙的深意。

她還沒琢磨出究竟是哪裡不對勁，教室裡響起男同學沙啞的低呼：「快看校規紙！」

白霜行心下一動，低頭看去，不由怔住。

——印著校規的白紙正平放在她的桌上，不知什麼時候，變成了極度刺眼的血紅色。

如同血滴在紙上暈開，甚至能聞到若有似無的腥臭氣味，她伸手摸了摸，是濕漉漉的。

更令人匪夷所思的是，隨著血色蔓延，紙上的一條條校規竟逐漸發生變化，字跡變幻，和她印象裡的原句大相徑庭。

『為規範學校紀律，讓同學們擁有舒心舒適的學習環境，與華一中做出如下規定：』

『一、嚴格遵守作息時間，不遲到、不早退，不曠課。』

第一條勉強算是正常，再往下看，文字愈發古怪。

『二、在學校裡，老師是絕對正確的，請尊師敬長，不要違逆老師定下的規則。』

『三、如果聽見角落裡傳來哭泣聲和哽咽聲，無論「它」在你身後說了什麼，請儘量不要移動，也不要出聲。任何聲響都有可能吸引「它」的注意，讓你陷入危險之中。』

『四、書桌裡不會出現碎肉和血塊。若在書桌裡發現這兩樣物品，請不要聲張，默默將課桌清理乾淨就好。同學們的議論同樣會惹來「它」的注意。』

『五、不要在眼保健操的過程中睜眼睛。眼保健操時，偶爾聽見慘叫、求救聲和低語聲，屬於正常現象，請同學們不要恐慌。』

『六、一旦在學校裡見到巨大的狂躁怪物，請立即站在原地保持安靜。逃跑只會惹怒它。』

『七、相信校長和校內的老師，他們永遠是你堅實的後盾。』

「這是怎麼回事？」沈嬋呆住：「校規裡的內容……和之前完全相反。」

她說著抬頭，看向講臺上的校長，希望能得到合理的解釋。

然而就像班導師瞬間消失時那樣，中年男人同樣沒了蹤影，只留下一張張染血的校規。

同一時間，變故陡生。

紙張上的鮮血如同擁有生命力，竟蠕動著向外生長，漸漸浸染空氣、桌子，以及四周堅硬的牆壁。

牆面被血絲一點點占據，抬眼看去，像極了條條交織纏繞的長蟲，掙扎著顫抖著，把世界染成猙獰的血色。

「這又是怎麼回事？」前桌的短髮女生小心翼翼四下張望，聲音小得快要聽不見：「前後兩份校規——」

她沒能把話說完。

「校規」兩個字剛出口，在教室後面的角落裡，陡然響起哭聲。

所有人停下動作。

突如其來的哭聲很低，哀婉幽怨，雖是在教室角落響起，卻像輕輕貼在每個人的耳邊啜泣。

有點癢，從耳邊生出絲絲縷縷的麻意，直接鑽進大腦裡。

是校規裡的「角落哭聲」。

白霜行暗暗皺起眉。

前後兩個版本的校規，都寫了這種情況。

前者讓他們上前安慰，後者的要求，則是站在原地保持不動，更不能發出聲音，一旦出聲，很可能遭遇危險。

……所以現在，他們應該相信哪一個？

角落裡的啜泣聲還在繼續。

漸漸的，他們不再只是聽見哭聲。

教室裡同學們安靜得可怕，低低的悲泣如絲如縷，被襯托得格外清晰。

驀地，耳畔響起女生縹緲的呢喃：「快回頭。回頭看一看我，好不好？」

聲音很近，擦過白霜行耳邊。

她能感受到一股涼意攀上脖頸，若有似無掃過皮膚，有什麼東西壓在她身後，帶著淡淡腥氣，用力掐住她的脖頸。

感覺到不適的，不只她一個人。

刺骨的涼氣洶湧滋生，不少學生劇烈顫抖。

在親身經歷過一場國文課後，所有人都明白，「校規」真的會殺人。

現在兩條規則彼此相悖，一真一假，如果選擇錯誤，下場只有死路一條。

「選、選第一個！」前排的一個男生顫聲驚呼：「被血染紅的校規一定是假的！還記得前一個版本的規則嗎？『不要相信校長』！」

第二個版本的校規，是和校長同時出現的。

既然不能相信校長，那他帶來的規則自然也是假像，絕對不能遵守。

掐在脖子上的力道越來越大，強烈的危機感沉重如山。

白霜行竭力穩住心神。

早在看見第二個版本的校規時，她就有這個想法——但真的會這麼簡單嗎？

前後兩個版本的校規，分別給出了七八條必須遵守的規則，如果是純粹的一真一假，只需要驗證其中一條，就能破解整個迷局。

不管怎麼想，這個真相都過於容易了。

更何況，此時此刻在他們身後響起的聲音，總讓她覺得和第一個版本裡的描述不符。

在由白紙寫出的校規裡，需要他們主動開口進行安慰，如此一來，哭泣的鬼魂應該展現出較為被動的姿態。

但真實情況是，那道聲音不僅主動找上他們，還一遍遍引誘他們回頭。

這樣的表現，更符合紅紙中「無論『它』在你身後說了什麼」的描述，是個故意促使學生們出聲的凶惡厲鬼。

不出所料。

前排的男生決心堅定、迅速轉身，不過一秒，便露出無比恐懼的神色。

白霜行不知道他究竟看見了什麼，只是遠遠望見對方雙目凸起，嘴巴張開成一個大大的圓。

耳邊的哭聲越來越大、越來越響，在男生轉頭的剎那，竟多出好幾道尖銳的笑聲，哭笑混雜，癲狂萬分。

牆上蠕動的血跡更加狂亂，似顫抖似狂舞，也好似一場盛大的狂歡——

下一刻，男生兩眼翻白，脖子被猛地一擰。

他身旁好幾個學生驚叫連連，一時忘記了「不能發出聲音」的規定，同樣被擰斷脖頸。

直到一切重歸寂靜，白霜行才後知後覺地發現，掐住她脖子的力道已然消失。

……賭對了。

哭聲漸漸停下，當所有聲響如潮水退去，教室裡的血絲也悄然消散。

包括他們桌上的校規紙。

血色溶解，它又回到純白色，以及最初版本的規定。

「我真是受夠了！」有人再也忍受不住，嚎啕大哭：「為什麼偏偏是我們遇到這種事？他們不打算給我們留活路，我們全都要死！」

沒人反駁。

倒在地上的學生們脖子被扭斷，呈現極度詭異的姿態，不消多時，化作幾縷青煙緩緩消散，就像從未存在過。

白霜行稍稍動一下右手，掌心裡全是冷汗。

一個又一個朝夕相處的同學不幸慘死，任誰都會感到驚恐萬分。

學生們個個面如死灰，沈嬋僵硬看她：「妳還好嗎？」

白霜行點頭。

季風臨微微側過視線，目光掠過她，很快垂眸。

教室裡再次亂作一團，哭聲、咒罵聲與祈禱聲此起彼伏，絕望的情緒幾乎籠罩整片空間，忽然，虛掩著的大門被人一把推開。

不少人抬頭看去，臉色更差。

那是和國文老師如出一轍的怪物。

人身書頭，書上清晰寫著「數學」兩個大字，沒有五官。

她是位女性，身穿款式簡單的碎花連身裙，腳下高跟鞋踏踏作響，發出有節奏的清脆足音。

「嗯？你們怎麼了，個個愁眉苦臉的。」女人走上講臺，語氣平淡：「聽說你們國文老師出了教學事故，請不要把上節課的情緒帶到這裡。數學是一門嚴謹的學科，不會出現漏洞，更不可能發生類似的慘劇。」

她翻開手裡的數學課本，書頁嘩啦，聲響漸大，每一聲都像死亡逐漸靠近的腳步聲。

「那——」沒有理會學生們或絕望或悲慟的神色，數學老師微微一笑，心情很好：「開始我們的課程吧。」

第三章　數學課

『哇——！是數學課呢！』監察系統六六三在腦海中轉了個圈，裙擺飄飄，語氣歡樂：『在每個同學的學習生涯裡，數學一定是一段美好的回憶吧！』

沈嬋：「我有理由懷疑，它在陰陽怪氣。」

六六三發出銀鈴般的笑聲：『兩位挑戰者，請繼續享受美好的學習時光。』

笑音散去，和國文課上的遭遇如出一轍，白霜行眼前的景象迅速變化。

教室融化成一團渾濁水墨，又在電光石火中飛快凝集，蕩漾出水波一樣的漣漪。

等漣漪散去，她和沈嬋來到一座荒廢的村莊前。

一陣陰風吹來，白霜行攏了攏衣襟。

荒村面積很大，望不到盡頭。破敗的瓦屋零零散散分布在村莊各處，暮色四合，沒有燈，更沒有人煙。

這裡的時間應是深夜，天邊暗淡無光，月亮被烏雲遮掩了身形，只露出一團灰濛濛的淺淡輝色。

村莊兩旁群山環繞，投下黑黢黢的影子，晃眼看去，像極地面上流淌的黑色水漬。

很經典的場景，非常符合大多數人對於「陰森」的定義。

「救命救命。」沈嬋吸了口冷氣：「單單聽到『數學』這兩個字，我覺得已經可以game over了。」

不管其他人怎麼看，在她心裡，數學絕對是高中三年最恐怖的噩夢。白夜裡哪怕鬼怪橫行、殺機四伏，但只要小心謹慎，努力找到活下去的機會，便還有一線生機。

但數學不同。

那句話怎麼說的？人被逼急了什麼事都做得出來，除了數學──數學不會，就是真的不會啊。

白霜行想了想：「數學課裡，很大機率不會涉及非常困難的計算。」

否則題目一出來，所有學生站在原地大眼瞪小眼，不可能過關。

白夜挑戰雖然惡趣味，但不會出現這種純粹的死局。

「也對哦。」沈嬋恍然：「之前上國文課的時候，老師也沒讓我們自己去做古詩詞填空。」

白霜行點點頭，朝著沈嬋靠近一些，示意她不要緊張，很快目光微動，看向身邊的另外幾人。

加上她和沈嬋，這次仍然有六個學生。

短髮女生、戴眼鏡的風紀股長和季風臨都不在其中，取而代之的，是另外三個她從未見過的同學，以及陳妙佳。

小組人數沒變，成員卻重組了一遍。

「咦。」沈嬋也發現這一點：「隊友和之前不同了。」

「因為數學和國文的小組，分組方式不一樣。」數學老師突然出現，高跟鞋發出噠噠聲響：「國文課是按座位，至於數學……」

它頭上的數學課本兀自翻開幾頁，白霜行剛抬頭，就看見書上密密麻麻的數學公式。

她有點頭暈。

「數學小組的劃分依據，是每一次月考的成績。」數學老師淡淡瞟她們一眼，嗓音裡多出笑意：「妳們兩位是新轉來的同學吧？只要努力讀書，在下次的月考中好好表現，一定能分到其他小組。」

白霜行：「……」

這熟悉的分組方式，果然很有高中特色。

她和沈嬋的身分設定是轉學生，月考成績自動記為零分，理所當然地，被分到排名最後的小組。

「你們體驗過國文課，對於我們學校的全新教學方式，應該有所瞭解吧。」數學老師微笑：「這節數學課包含兩個實踐活動，接下來將要進行的，是第一場。」

它側過身，展現出身後荒無人煙的村落：「這場實踐的全稱是，『加減乘除爭奪戰』。」

話音方落，天空中響起抑揚頓挫的全體廣播。

『數學實踐之一，加減乘除爭奪戰。』

『在荒村中，共藏有三十個標有數字或符號的木牌。數字區間為零至九，符號則包括加、減、乘、除。』

『限定時間為三十分鐘，同學們需要在村莊中自行搜尋木牌，將想要的木牌好好保存。』

『三十分鐘後，所有人在村口集合，並把自己擁有的木牌排列成算式，算式結果越大，排名越高。請各位不要遲到。』

簡單來說，就是小學算術題。

白霜行抿了抿唇。

以目前的規則來看，這場數學課並不難。不過……排名的存在有什麼意義？難道是想讓學生們自相殘殺，爭個你死我活？

廣播聲略微停頓，再響起時，多出幾分令人不適的笑意。

『結算完畢後，排名前六的同學成功晉級下一場實踐活動；若有同學積分為零，將被直接淘汰；若有同學的木牌無法拼成算式，同樣會被淘汰。』

「前六？」心裡生出不好的預感，白霜行皺起眉頭。

他們只有六個學生，白夜怎麼可能這樣好心，讓所有人順利通關。

唯一的可能性是……除了他們，還有別的參賽者。

「沒錯，排名前六。」數學老師笑意加深：「為了增強課程的趣味性，在本場實踐中，我特地幫同學們找來幾名競爭對手。」

當它說完，村口那棵空蕩蕩的老槐樹下，陡然升起嫋嫋白煙。

沈嬋一個頭兩個大：「拜託……不是吧！」

白煙幽然，傳來幾聲令人頭皮發麻的癡癡低笑，凝神看去，煙霧裡浮出五道身影。

身後的幾個高中生倒吸一口氣。

那五道影子若隱若現，看得並不真切，顯而易見並非活人。

從左到右，分別是右臉腐爛的白髮老者、手持染血菜刀的魁梧男性、凶神惡煞的中年男子、滿目幽怨的豔麗女鬼，以及脖子上纏著麻繩、雙目凸起舌頭外伸的小孩。

「這、這些是，我們的對手？」陳妙佳的聲音在發抖：「祂們……會傷害我們嗎？」

「這位同學問到重點。」數學老師笑：「既然是競爭，當然會充滿危險性和不確定性——這五名對手都是含冤而死的厲鬼，大家尋找木牌時，一定要儘量避開祂們哦。」

「如果……」一個男生問：「如果沒避開，會怎麼樣？」

數學老師靜靜看向他。

午夜的冷風吹過書頁，它笑得溫和：「普通人遇見厲鬼會發生什麼，應該不需要我詳細描述吧？」

——會死。

原來這才是危機所在。

木牌只有三十塊，想要組成一道算式，最少需要三塊。

他們六人五鬼，根本不夠分。

五隻厲鬼能在村莊裡暢通無阻，尋找木牌的效率是人類的不知道多少倍，一旦兩兩相遇，祂們甚至可以殺掉人類，把對方的木牌據為己有。

至於幾個真正的學生……

白霜行輕輕揉了揉太陽穴。

在搜尋木牌之餘，他們還要想方設法躲開惡鬼，毫無疑問，完完全全落了下風。

最終的存活名額僅有六個，如果算上五隻厲鬼……

學生們很大機率只能活下一個。

在這場競爭裡，他們幾乎不可能贏過厲鬼，唯一能做的，只剩自相殘殺。

「我們怎麼贏得了祂們？」規則裡的惡意太過明顯，陳妙佳被噁心得發抖：「這不公平！」

數學老師覷她一眼，沒有理會。

「身為老師，我跟各位小小提個醒。」它慢悠悠地說：「如果遇到祂們，千萬不要發出聲音，立馬找個隱蔽的地方能躲就躲——一旦被祂們發現你的行蹤，鬼是會吃人的。」

有個男生憤憤地罵了句髒話。

「厲鬼的能力，僅限於『食人』嗎？」一片死寂裡，白霜行忽然開口：「祂們沒有其他手段嗎？比如瞬間移動、隱身、或是改變自己的外貌？」

腦袋上頂著數學課本的怪物看她一眼。

「這位同學，一定是個非常認真仔細的人。」它咯咯輕笑幾聲：「答案是，是的。厲鬼與你們的差別，僅僅是擁有極強的攻擊性和殺傷力——我是個凡事講究公平的老師，不會讓課程出現一邊倒的情況。」

白霜行：「規則裡說，三十分鐘後，我們要在村口集合。如果厲鬼在那時對我們展開屠殺，我們應該怎樣應對？」

「結束前三分鐘，鬼魂將無法對你們造成傷害。」

怪物如實回答，陳妙佳在一旁乖乖聽講，再看白霜行時，暗暗覺得佩服。

白霜行提到的事情攸關生死，在這麼短的時間之內，陳妙佳完全沒細想過。

數學老師說得不錯，她的確非常謹慎。

「好了。囉嗦這麼久，同學們一定不耐煩了。」數學老師側身一動，高跟鞋落地，讓人莫名心跳加速：「馬上……開始吧。」

最後三個字幽幽落下，白霜行感到意識恍惚。

一眨眼的功夫，破敗的村口消失不見，在她身邊出現一堵牆壁和一桌一椅——她被傳送到荒村裡的一間小屋。

看樣子，為確保課程順利進行，每個人都被送往不同的地方。

屋子裡沒有燈，殘缺的月亮穿過雲層，向窗邊灑下細碎微光。

她用了好幾秒鐘，才適應眼前的黑暗。

四周很空。

沒有沈嬋的陪伴，耳邊安靜得有些可怕。白霜行用目光仔細掃過房間裡每一處角落，沒找到木牌。

……也對。

如果她的傳送點恰好藏著塊木牌，那她或許得改名叫「天選之子」。

這地方很久沒人來過，空氣裡瀰漫著一股腐敗的味道。拿出手機，顯示沒有訊號。

白霜行朝著窗外看去，確認附近沒有厲鬼，輕輕打開大門。

開門前，她從外套口袋裡拿出一張衛生紙，包住右手，從而避免沾上灰塵。

木門被推開，吱呀輕響在夜色中格外明顯。

她自始至終動作很小，腳步輕盈得像貓。

離開小屋，視線所及之處，是一條鋪滿黃泥的狹窄小路。白霜行加快腳步，進入緊鄰的另一間房屋。

——路上沒有掩體，一旦撞見厲鬼，她將無處可逃。

下一間屋子同樣破舊，開門時，灰塵撲面而來。

她一向不喜歡這種環境，皺著眉捂住口鼻，在房間裡環顧一圈後，眼神微亮。

角落的木椅下，正靜靜躺著一塊淺褐色木牌。

白霜行撿起它，木牌上的印記是『五』。

一個不大不小的數字。

她用紙巾將木牌擦拭乾淨，心中暗暗回憶規則。

要讓算式結果最大化，最重要的木牌，應該是乘號。

「五加六」和「五乘六」，所得到的結果天差地別。

除此之外，大額的數字牌也很重要；如果撿到減號和除號，毫無疑問，需要毫不猶豫地丟掉。

把木牌放進外套口袋，白霜行默默瞥向窗外。

村莊面積不小，所有人和鬼被打亂了順序，隨機傳送到各個角落。

白夜裡的高中生們是一縷縷殘存的意識，並非真實的人。她不會善意大發，拼了命地保護他們，但無論如何，白霜行必須找到沈嬋。

沈嬋之所以被捲入白夜挑戰，歸根結底是為了陪她尋找江逾，作為朋友，白霜行不會讓她在這裡出事。

這次實踐只有三十分鐘，不宜在同一個地方多待，她正要開門，毫無徵兆地，聽見從小路上傳來的腳步聲。

腳步很快很雜，僅憑聲音就能聽出對方的慌亂。

應該是學生。

白霜行沒有第一時間推開木門，而是靜靜站在窗邊，望向聲音來源。

是陳妙佳。

她穿著沾滿塵土的制服，看樣子不久前曾經摔倒過，步伐踉蹌，神情恐懼且匆忙，雙眼之中噙滿水珠，隨著奔跑的動作簌簌落下來。

再三確認她的身後沒跟著厲鬼，白霜行眼疾手快打開門，在陳妙佳匆匆跑過的一剎，將女孩拽進屋中。

防止陳妙佳尖叫出聲，她捂住對方的嘴。

「唔……唔！」陳妙佳本就失魂落魄，猝不及防被這樣一拽，嚇得睜大雙眼。

緊接著，便聽見熟悉的聲音：「別怕，是我。」

這是——

如同溺水之人抓到最後的浮木，陳妙佳迅速回頭。

看見白霜行，她的眼淚流得更凶。

之前在國文課上，陳妙佳從沒露出過這樣絕望的神色，白霜行隱約意識到什麼，溫聲說：「出什麼事了？」

「是……是宋思穎。」女孩竭力忍住嚎啕大哭的衝動：「她被鬼殺掉了！」

宋思穎應該是學生之一。

白霜行心下微凜：「怎麼回事？」

「是那個半張臉腐爛的老頭。」陳妙佳：「我和宋思穎會合以後，在轉角處遇上祂……」

她的目光漸趨驚恐：「我第一時間就想跑，沒想到祂表現得非常友善，還說、還說我們讓祂想起自己的孫女，祂不想傷害活人，可以幫我們一起找木牌。」

白霜行沒出聲。

人和厲鬼正面相遇，只要後者有殺心，學生們不可能逃得掉。

那隻厲鬼沒在第一時間發起攻擊，確實很容易讓人產生錯覺，誤以為祂能夠相信。

「宋思穎很開心，上前向祂道謝，然後就……」

陳妙佳再也說不下去。

那時的畫面歷歷在目，每每想起，都讓她渾身戰慄。

——月色昏沉，四野闃靜，老者露出猙獰恐怖的笑，伸手刺穿年輕女孩的小腹。

血腥味瀰漫，那張半邊腐爛的面孔浮起猩紅血肉，祂笑得肆意，如同從地獄而來的惡鬼。

宋思穎的臉上滿是不敢置信，而鬼魂哈哈大笑。她越是絕望痛苦，祂就愈發開心。

欣賞人們從希望到絕望的瞬間，這是厲鬼的惡趣味。

白霜行拍了拍陳妙佳的後背。

在這種時候，任何安慰的話都是多餘的。

「三十分鐘沒結束，我們還有活下去的機會。」她壓低聲音：「妳們找到木牌了嗎？」

「沒有。」陳妙佳搖頭：「那老頭手裡拿著一個……鬼魂在這裡沒有約束，我們連避開祂們都難，更別說翻箱倒櫃尋找木牌。」

白霜行低低「嗯」了聲。

他們身為人類，無異於在夾縫中艱難求生，無論從哪個角度來看，這都是一場極不公平的競爭。

……只希望沈嬋沒有遇到危險。

「走吧。」她嘆了口氣：「留在這裡起不了作用，我們必須找到更多木牌。」

在那之後，白霜行與陳妙佳分別搜查了四個屋子。

在其中一間的床板上，陳妙佳找到一塊標有『三』的數字牌；白霜行則在草叢裡發現了加號『＋』。

接下來，她只要再找到一塊數字，就能湊成完整的算式。

「不過，我們能贏的幾率還是很小。」

走在泥濘的小路上，陳妙佳陷入沉思：「五隻鬼魂能找到大部分的木牌，可以隨心所欲排列組合。如果出現最壞的情況，祂們霸占前五，我們……」

他們在場的六個人中，只有一個能活下來。

白霜行也在思考解決的辦法。

她想得入神，抬眼向遠處看去，意料之外地，居然望見一道熟悉的人影。

是沈嬋。

沈嬋見到她，立馬露出十足驚喜的神色，但很快想到什麼，匆忙擺擺手，指向白霜行身旁的樹叢。

白霜行當即明白她的意思。

有危險。

沒有絲毫猶豫，白霜行拉住陳妙佳，藏進一旁的樹叢中；沈嬋一個晃身，開門進了間瓦屋。

耳邊忽地安靜下來。

白霜行放慢呼吸，透過樹叢之間小小的縫隙，向小路盡頭看去。

小徑幽深，兩旁的樹木投下倒影，被蕭瑟寒風輕輕拂過，好似幽魂瘦骨嶙峋的指節。

一道影子出現在樹影中。

是那個上吊而死的小孩。

祂兩眼外突，膚色憋成豬肝一樣的紫紅，步步前行時，溢散出壓迫感十足的殺意。

白霜行微微側頭，對陳妙佳做出噤聲的手勢。

女孩忙不迭點頭。

小孩緩緩靠近，手裡抱著四塊木牌，經過沈嬋躲藏的小屋時，從窗戶探進腦袋。

張望一陣子，沒發現沈嬋，祂收回目光。

然後向樹叢這邊走來。

白霜行感覺到，身邊的陳妙佳屏住呼吸，身體僵硬得像塊冰。

——這誰能不怕啊。

陳妙佳腦子裡嗡嗡作響，同學死去時的場景仍在腦海盤旋，讓她渾身發軟。

要知道，在平日裡，她連恐怖電影都不敢看。

上天保佑，玉皇大帝觀世音菩薩耶穌基督……

千萬千萬，別讓她們被發現。

鬼影緩步前來，每一次邁動腳步，都會發出微弱的輕響。

當祂經過兩人藏身的樹叢，陳妙佳能聽見自己心臟跳動的狂響。

男孩停頓幾秒，黑白分明的雙眼掃過四周，終於，又一次有了動作。

祂繼續向前去了。

眼看著鬼影越來越遠，被緊緊攥住的心口好不容易得到一點喘息。

陳妙佳大喜過望，只覺如獲新生，正打算站起身子，右手被白霜行猛地一拽。

當她低頭，白霜行定定看著她，搖了搖腦袋。

陳妙佳一時沒明白她的用意，不經意間向前望去，不由頭皮發麻。

——鬼影行至中途，竟突然一百八十度轉過腦袋，一雙凸起的死魚眼毫無生機，冷冷地看向身後的街道！

但凡陳妙佳弄出一丁點聲響，都會被祂察覺。

再三確認身後沒人，鬼影淡然回頭，消失在下一個轉角。

這次……似乎真的走了。

陳妙佳兩腿發軟，一下子癱坐在地。

白霜行的腦海中，監察系統六六三笑得前仰後合。

欣賞人類恐懼時的表情，是它永遠不會膩的樂趣。

「還好嗎？」白霜行無視系統的笑聲，捏捏手心，全是冷汗：「我們——」

她還想再說些什麼，聲音兀地戛然而止。

陳妙佳忐忑道：「怎、怎麼了？」

「……沒事。」白霜行沉默片刻，安靜地勾起唇角：「我們去和沈嬋會合吧。」

不用她說，屋子裡的沈嬋已經輕輕打開門，探出腦袋四下張望。

見到從樹叢裡現身的白霜行，她無比興奮地揮了揮手。

「接下來，我們繼續尋找木牌嗎？」陳妙佳小聲：「我剛剛看到，那個小孩手裡捧著四塊牌子。」

比她們兩人已有的加起來還多。

沈嬋小跑著靠近，拍了拍胸口：「嚇死我了……我一共有三塊木牌，妳們呢？」

陳妙佳如實相告。

「看樣子，大部分木牌都在厲鬼手裡。」沈嬋苦惱皺眉：「我雖然數量夠了，但牌子上的內容分別是『二』、『＋』和『三』，只比得上霜霜的一塊『五』。」

「我們還是儘快找到更多的數字吧。」陳妙佳說：「如果木牌全被鬼魂拿走，我們連一個算式都湊不齊。」

沈嬋點頭表示贊同，目光一轉，看向沉思中的白霜行：「霜霜，怎麼了？」

「或許——」白霜行眨眨眼睛：「還有另一個辦法。」

沈嬋：「嗯？」

「就在剛才，綿綿回應我了。」白霜行與她對視，微微一笑：「她醒了。」

早在國文課上，她就點開過「神鬼之家」的技能面板，嘗試召喚江綿。

那時江綿陷入沉眠狀態，無法被喚醒，白霜行只能把召喚一事暫時擱置。

——直到那隻吊死的厲鬼消失在轉角，她腦海中傳來叮咚一響。

『叮咚！家人「江綿」已甦醒，並對你的召喚做出回應。』

『是否召喚江綿？』

『請注意：每場白夜挑戰僅可召喚一名家人，且只能召喚一次。』

白霜行當然選擇『是』。

女孩的身影無聲浮現，身為強大厲鬼，攜來強悍無匹的威懾力。

陳妙佳不瞭解來龍去脈，被這幕景象嚇得差點魂飛魄散，然而下一秒，就見白霜行溫和地伸出手。

然後摸了摸厲鬼的腦袋。

陳妙佳：「……」

陳妙佳：啊？

她不理解，也不明白。

難道她受到的打擊太大，出現精神錯亂了嗎？

「不用怕，這是我家的小妹妹。」白霜行笑：「她很乖。」

江綿有一陣子沒見到她，被摸得開心，像貓咪一樣蹭蹭她的手心。

只留陳妙佳一人在風中凌亂。

雖然小孩看起來確實可愛，但……這孩子絕對絕對是隻厲鬼吧？

而且看她的怨氣，給人的壓迫感比剛剛那隻吊死鬼更大啊！

沈嬋咧嘴笑笑，朝江綿打了個招呼；小朋友非常乖巧，也向她揮一揮手。

「綿綿，有個好消息告訴妳。」白霜行低頭看她：「我們見到妳哥哥了。」

江綿驀地睜大眼睛。

「只不過我們被捲進一場麻煩的遊戲，需要通過考核，才能出去和妳哥哥見面。」白霜行溫聲：「接下來，可能需要綿綿幫我們一個忙。」

江綿用力點頭。

沈嬋也好奇地湊上前：「幫什麼忙？」

『等、等等！』沉寂已久的監察系統六六三終於耐不住性子，急聲開口：『這女孩從哪冒出來的？妳的技能是什麼鬼東西？還有，妳想幹什麼？』

沒得到回應。

六六三：『喂！快回答我啊！』

距離第一場數學實踐結束，還剩下最後五分鐘。

規則裡說過準時結算，不能遲到，所以無論是人還是厲鬼，都提前集合在村口。

厲鬼們肆無忌憚站在最為顯眼的地方，濃郁的怨氣幾乎要凝成實體，讓人不敢靠近。

高中生們瑟縮在槐樹之下，與祂們保持一段安全距離。

「怎麼辦？」一個平頭男生驚慌失措，走到同學們面前：「能找的地方都找遍了，沒有更多木牌……我只拿到三張數字，你們誰有多的符號嗎？」

一旦拼不出算式，他會被直接淘汰。

「沒有了。」他身前的矮個子少年瑟縮一下：「木牌……都在厲鬼手裡吧。」

他們光是躲避厲鬼，就花了將近一半的時間，效率大打折扣。

木牌數量本就不多，被這樣一搞，能湊齊一個算式都算福大命大。

平頭男生顫抖不止，緊盯著矮個子懷裡的木牌，右手微微一顫。

他在猶豫該不該暴力搶奪，暗暗掙扎半晌，手掌僵在半空，終究沒有做出動作。

白霜行看他一眼，伸手遞出一張木牌：「我這裡有個加號。」

男生眼眶一紅，千恩萬謝。

陳妙佳抿著唇，不經意瞥見那隻半邊臉腐爛的厲鬼，發現對方正看著自己詭異微笑。

心裡一陣噁心，她迅速移開視線。

村口荒煙蔓草，沒過多久，凝出一道血紅色的影子。

所有人與鬼不再說話。

鬼影浮動，沉甸甸的壓迫感溢散如山——那是獨屬於強大厲鬼的氣息，遠遠超出在場的五隻鬼魂。

平頭男生牙齒發顫，下意識後退幾步。

怨氣凝集，出乎意料地，居然凝出小女孩的輪廓。

如果忽略她臉上蛇一樣的血絲，還是長相很可愛的那種。

「數學實踐第一場，挑戰即將截止。」厲鬼冷淡開口，身側血絲攢動：「我是本場數學課的結算員，倒數計時結束前，請各位同學在此處完成結算——逾時不候。」

沈嬋挑眉：「意思是，我們要在三十分鐘結束以前進行結算，一旦時間過了，成績就算無效？」

女孩形態的厲鬼點了點頭。

「時間還剩多久？」白霜行拿出手機，飛快看一眼，用不耐煩的語氣說：「……只有兩分鐘。」

兩分鐘轉瞬即逝，不只高中生們，連幾位拿著木牌的鬼魂也面露緊張。

矮個子少年想上前立馬結算，還沒開口，就被拿著菜刀的男性厲鬼攔住去路。

他不敢反抗，只能默默咽下心裡的不悅。

轉眼間，等待結算的鬼魂們在女孩面前依次站好。

「六加五……」女孩思索一秒，認真道：「你的點數是十一。」

「哇哦。」沈嬋小聲：「綿綿的數學不錯啊。」

白霜行顯出小小的驕傲之色：「她說她還會乘除法呢。」

——沒錯。

出現在村口進行「結算」的強大厲鬼，其實是江綿。

作為一場白夜挑戰的終極Boss，江綿擁有常人難以想像的強烈怨氣，也就是說，她是一隻非常強大的怨靈。

強於這幾個小嘍囉似的惡鬼，甚至強於數學老師。

鬼魂之間能感受到彼此的實力，以江綿的水準，擔任數學課的結算NPC綽綽有餘。

那五隻鬼魂不可能懷疑她。

再說，祂們恐怕無論如何也想不到，一位如此恐怖的厲鬼，居然會選擇幫助人類。

被召喚而來的「家人」無法使用能力，但江綿只需要站在那裡，就有足夠威懾力。

祂們沒理由懷疑她。

「第二位同學的算式結果，是三十。」江綿一邊說著，一邊把木牌放進自己的上衣口袋裡：「下一位。」

為了貫徹「強大厲鬼」的設定，江綿刻意板著小臉，語氣冷淡，看起來還挺有模有樣。

要說有什麼瑕疵的話，大概是趁著其他鬼魂不注意，女孩鬆下凶狠的神情，朝白霜行吐了吐舌頭。

白霜行悄悄向她做一個鬼臉。

監察系統六六三：『……』

誰能告訴它，這是什麼操作？

那幾隻鬼魂，你們不能轉一轉塵封多年的腦袋，想想事情有什麼不對勁嗎？把木牌一個不剩全部送給這個不知從哪裡冒出來的小丫頭，真成送財童子了是嗎？

倒數計時還沒結束，沒結束啊！別繼續給了！

時間一點點過去，鬼魂們心滿意足地離開，終於輪到最後一個厲鬼。

正是殺了一個學生的那名老頭。

祂毫不掩飾惡意，動作慢吞吞，有意拖延時間——顯然是打算等到時間結束，讓學生們來不及結算。

矮個子少年心煩意亂：「大爺，你不能快點嗎？這位老師，祂要無賴拖時間，妳不管管？」

江綿茫然一愣，好幾秒鐘才反應過來，這聲「老師」是在叫她。

占了單純高中生的便宜，小朋友受寵若驚。

老頭冷漠地笑，覷他一眼，沒理。

祂抓準了時間，當手裡的木牌全部遞給江綿時，宣告倒數計時結束的廣播猝然響起。

老頭咧嘴笑開，矮個子少年又急又氣，平頭男生面如死灰。

局勢已定。

『三十分鐘，時間結束！』

『即將對同學們的算式進行結算，請稍候……』

不遠處另一邊，白霜行神色悠哉，雙手環抱胸前，懶洋洋靠在槐樹下：「開始了。」

「我有預感。」沈嬋若有所思：「接下來，將是一場超大型的川劇變臉。」

陳妙佳：「……」

劇情如同脫韁的野馬，崩潰到她的想像力之外，她什麼也不想說。

——等等。

聽見廣播，老頭一愣。

什麼叫「即將進行結算」？就在這幾分鐘之內，祂們的結算不是已經完成了嗎？

不等祂反應過來，就見江綿迅速抬手，丟給陳妙佳幾張木牌，讓她能湊出完整的算式。

這個動作一出，兩個男學生霎時呆住，幾名厲鬼終於意識到不對，神色驟變。

臉色蒼白的女鬼厲然出聲：「妳——！」

可惜，她沒有報復的機會。

與此同時，廣播響起，帶著幸災樂禍的笑意。

『哎呀……似乎有不少同學，手裡連一張木牌也沒有，學習效率未免太低了吧。雖然很可惜，但，再見啦。』

祂們明白了。

這是個澈頭徹尾的陷阱——

眼前的孩子根本不是結算員……她耍了祂們！

辛辛苦苦找來的木牌被騙光，幾隻厲鬼悔不當初，同時前撲。

江綿迅速後退，手中掉出三張木牌，老頭離她最近，匆匆撿起。

下一刻，手中空無一物的鬼魂們發出聲嘶力竭的尖叫。

這裡無風無火，祂們身上卻生出猙獰火光，毫不留情蔓延向四肢百骸，求生不得求死不能。

哀嚎過後，鬼魂盡數化作塵煙，消散於夜幕。

『讓我看看，還剩下六名倖存者。』廣播咯咯低笑，然而很快，語氣變成不敢置信的驚詫：『不對……活下來的怎麼是你們？厲鬼的木牌數全是零，你們做了什麼？』

按照劇本，不應該是幾個活人被狠狠碾壓嗎？

六六三：『……』

你才發現不對勁嗎！

「哦。」白霜行神色無辜：「規則裡，沒有禁止用一點小小的手段獲取木牌吧？」

六六三：『……』

把競爭對手淘汰得一乾二淨，妳說這是「一點小小的手段」？

廣播停頓片刻，再度出聲：『接下來，將對同學們的算式進行結算。』

原本的總人數是十一，死去一個學生，四隻鬼魂被火燒滅，現在還剩下六名競爭者。

而能夠存活的數量，恰好是六。

腐爛的半張臉輕輕抽搐，老頭緊緊握著手中的三塊木牌，只覺得無盡後怕。

千鈞一髮，祂沒有魂飛魄散。

這一定是上天賜予祂的好運氣。

心中激動萬分，伴隨著無比強烈的滔天怨氣，祂惡狠狠抬頭，看向滿載而歸的江綿，以及在女孩身邊整理木牌的白霜行。

結算階段，受規則限制，祂不能傷害他們。

等一切塵埃落定，祂一定要殺了這群混帳！

察覺到祂的視線，白霜行眼睫微動，對上那雙怨毒的眼。

她心情不錯，揚唇笑了笑。

「我們在挑選木牌，看看能不能湊出幾個幸運數字。」白霜行說：「你難道不想看看，自己能拿到多少積分嗎？」

祂必然在存活名單裡，這一點毋庸置疑。

此時此刻，積分的多少其實已經不重要了。

老頭冷笑，不屑地低頭，看向手裡的木牌。

第一張，『七』。

完美開局。

祂的笑意加深一些，望一望第二張。

是個乘號。

凝視祂萬分得意的神情，六六三默默翻出白眼。

唉，小丑一個，抬走吧。

陰差陽錯保住一條性命，老頭心情頗佳，把注意力轉向第三張。

目光下移，祂臉上的笑意有如山崩。

不會吧。

怎麼會這麼巧？第三張木牌怎麼可能……是『零』？

「看來你算出來了。」白霜行笑得溫和禮貌：「對於這個結果，還算滿意嗎？」

她在笑！她知道祂手裡的算式！

望見老頭手中的木牌，陳妙佳同樣睜圓雙眼，露出恍然大悟的驚駭之色。

電光石火之間，前前後後一切串連起來。

首先是白霜行與沈嬋對話，解讀了江綿的言語，並提出「必須趕在倒數計時結束以前」。

再然後，是在生死攸關的緊要關頭，江綿看似慌張地向後閃躲，剛好掉下三張木牌，落在他腳邊。

全是故意的。

祂自始至終……都處在被白霜行設計好的陷阱裡。

零和任何數字相乘，都會得到零。

而根據規則，無論排名如何，只要算式結果為零，一定會被淘汰。

祂逃不掉的。

從希望到絕望，只需要一眨眼的時間。

就像祂哄騙那個天真無辜的女同學那樣。

白霜行看著祂灰敗的臉，用食指中指夾起一張刻著『零』的木牌，垂眸端詳幾秒。

一張張搜集木牌，過程實在麻煩又艱難，與其費盡心思尋找加減乘除，倒不如一網打盡。

理智的成年人，會選擇全都要。

至於數學。

偶爾能讓人感覺置身於天堂，但更多時候——果然還是會把人推進地獄吧。

『檢測到一名參賽選手積分為零。』廣播響起，火光乍現，裹挾肅殺之氣：『即刻肅清！』

火焰升騰，最後一隻惡鬼發出尖銳的咆哮聲。

腐爛的半張臉扭曲猙獰，老頭雙眼中滿含憤恨與暴怒，掙扎著伸出雙手，直直撲向白霜行。

還沒觸碰到她，就聽廣播冷冷道：『請嚴格遵守規則，結算結束前，切勿傷害人類。』

下一刻，老頭的腳踝踝骨猛然斷裂，身體不穩，狼狽地摔倒在地。

這是規則給予祂的懲罰。

雖然白夜無時無刻想把人類置於死地，但在遵循規則這件事上，它絕對不會偏心。

烈焰洶洶，哀嚎不止。

廣播語氣淡淡，繼續播報其他人的算式積分。

通關名額一共六個，如今剩下五名學生存活，只要分數不為零，所有人都可以順利進入下一關。

當算式結算完畢，廣播裡響起「恭喜五名同學成功通過第一場數學實踐」時，所有人露出如釋重負的表情。

平頭男生長出一口氣，看向白霜行：「謝謝妳。」

倒數計時快要結束時，他的木牌拼不出算式，眼看就要被當場肅清，千鈞一髮之際，是白霜行給了他一塊加號。

一塊木牌，等於一條命。

白霜行搖頭：「不用。」

她並非每次都會像這樣大發善心，只不過當時目睹了全程——

平頭男生雖然焦頭爛額，但經過一段時間的心理鬥爭，並沒有暴力搶奪其他人的木牌。

說他怯懦也好，優柔寡斷也罷，歸根結底，這是個心存善念的高中小朋友。

白霜行不介意幫他。

「不過，」恐懼感仍未散去，平頭男生帶了點哭腔，「那個孩子……妳認識她嗎？」

他指的是正一步步朝他們靠近的江綿。

拜託，作為一個從小生長在現代的少年，突然和這樣一位壓迫感十足的厲鬼越來越近……

真的很嚇人好不好！

理智告訴他，江綿剛剛幫了他們，顯然是白霜行的同伴；雙腿卻不由自主發軟，在濃郁的怨氣裡瑟瑟發抖。

——而且不管怎麼想，人類和厲鬼成為同伴這種事，都非常匪夷所思吧！

生有一雙詭異眼睛的鬼魂緩緩靠近。

平頭男生屏住呼吸，眼睜睜看著江綿伸出雙手。

然後一把抱住白霜行側腰。

平頭男生、矮個子少年、陳妙佳：「……」

「綿綿表現得非常好。」白霜行摸摸她的腦袋，揚起嘴角：「好厲害！妳剛剛把所有壞蛋全嚇唬住了哦。」

陳妙佳沒出聲，有些驚訝。

從學校異變到現在，在她眼裡，白霜行始終是個喜怒不形於色、情感克制的人。

原來她會用這麼親暱的語氣哄小孩子。

江綿生前很少得到誇獎，聞言撲簌簌眨動雙眼，靦腆地笑了笑。

「你們不用在意。」沈嬋說：「這孩子叫江綿，很乖的。」

她的話剛說完，不經意抬頭望了望，瞥見村口一道人影閃過。

是姍姍來遲的數學老師。

高跟鞋的聲音咚咚撞擊耳膜，比起之前，它這次的腳步更快也更重。

頭上的書本在冷風中翻動幾頁，數學老師心情複雜。

由於劃分了小組，在同一時間，會進行很多場數學實踐。

它在各個場地間來回巡視，觀看學生們各不相同的慘狀，至於每個人的積分，則由中央廣播統一結算。

這一個關卡的危險指數不低，說難也難，但說易也易。

規則裡，明確提示過「結束前三分鐘，鬼魂無法對學生們造成傷害」。只要在前期避開厲鬼的追蹤，努力活到這個絕對安全的時間點，就能從鬼魂手中搶奪木牌。

這是一條顯而易見的生路，可惜很多學生沒有想到。

大多數人對厲鬼心懷畏懼，不敢靠近祂們半步，於是出現一幅幅十分可笑的景象——學生們彼此之間明爭暗奪、自相殘殺，只為湊齊最大的數值，讓自己盡可能活下去。

殊不知，只要打破固化的思維，生路觸手可及。

不過，也有幾個小組發現規則中的問題，成功從厲鬼手上搶到木牌，全員存活就是了。

想到這裡，數學老師目光一動。

以上所述的兩種情況，都在它預料之中。

誰能告訴它……眼下這場數學實踐，究竟發生什麼？

厲鬼們無一倖存，除了其中一隻鬼魂的積分為零，其餘幾個，連一塊木牌都沒有。

反觀幾個學生，無一不是穿戴整齊、渾身上下一絲不亂，從頭到腳，看不出絲毫爭奪搶鬥的痕跡。

完全是一邊倒的局勢。

在其他場次裡，由於只有三分鐘的安全時間，學生們往往只能搶到幾塊木牌，厲鬼們再怎麼落於下風，也能保持最後的尊嚴，不至於被搶奪一空。

唯獨在這裡，鬼魂們被扒得什麼都不剩。

「恭喜各位完成第一場實踐活動。」數學老師穩穩站定，視線掃過在場幾人，看見江綿，忽地頓住：「這是？」

「我的家屬。」白霜行面不改色：「校規只說學生不能遲到早退，沒規定不能帶著家屬旁聽，對吧？老師。」

數學老師：「……」

雖然不知道這小孩究竟從何而來，但白霜行說得沒錯，只要她本人還乖乖上課，依據校規，就不能對她做出處罰。

得益於「規則」，老師們擁有了令人毛骨悚然的實力，但與此同時，它們也全都受制於「規則」。

好氣。

「我不會處罰妳，但這個小孩不能留在這裡。」數學老師語氣不善：「這裡是高中生的實踐課，她才小學幾年級，怎麼可能跟得上課程？」

它說完催動意念，頭上的數學書嘩嘩作響。

每場教學實踐，都是老師們自行創造的幻境，它身為這節課的老師，完全有理由把江綿踢出去。

但是——

數學老師動作停住。

它居然，沒辦法強制清除江綿。

也就是說，對方是比它更高等級的厲鬼。

……怎麼可能？

它心中滿是震驚，一時說不出話，暗中感受江綿的氣息。

出乎意料地，女孩看起來弱小不堪，其實是隻怨氣深重的強大厲鬼，實力遠遠超出它許多。

但不知出於什麼原因，她似乎被限制了能力，殺意消散不少，毫無危險性。

簡而言之，和吉祥物差不多。

數學老師漸漸放心。

這樣一來，就算讓她繼續留在這裡，也起不了多大作用。真到了九死一生的時候，江綿不可能對抗其他厲鬼，更不可能護住這群學生。

以下一關的設定……或許連她也會被吃掉吧。

它忍不住在心中暢想，漸漸開始期待。

「算了。」怪物無聲笑笑：「既然小朋友對數學感興趣，那就讓她繼續感受這節課的美妙之處吧。同學們請做好準備，接下來——」

數學老師笑意漸深：「是第二場數學實踐。」

場景再度變幻，荒村消散如煙。

這一次，白霜行站在一座動物園前。

之所以能一眼看出是動物園，不僅因為隨處可見鐵籠與鳥獸，還有一個立在她身前的巨大牌匾。

牌匾上寫著五個大字：興華動物園。

「歡迎來到興華動物園。」數學老師站在距離她不遠的一棵樹下，看樣子心情不錯：「在這裡，妳將見到各種意想不到的奇珍異獸，準備好大開眼界了嗎？」

白霜行敏銳察地覺到，它用的是「妳」，而非「你們」。

轉頭看去，原本站在她身邊的其他學生不見蹤影，只有江綿拉著她的衣擺，露出茫然的神色。

白霜行揉揉女孩的手心，輕聲安慰：「別怕。綿綿之前辛苦了，要不要休息一下？」

和她簽訂契約後，厲鬼能在白霜行腦海中的系統裡進入沉眠。

這座動物園乍看沒什麼問題，但在白夜裡，越是看似正常，深處就隱藏著越大的危機。

江綿雖然成了厲鬼，但歸根結底只是個孩子，如果可以的話，白霜行不會讓她處在危險之中。

小朋友用力搖頭。

「我……可以保護妳。」江綿怯怯地拽緊她的衣擺：「我不怕。」

白霜行沒說話，摸摸女孩的腦袋，眼中溢出笑意。

「本次實踐，屬於單人考核。」數學老師笑著說：「其他場次由廣播進行引導，只有白霜行同學這邊，是我親自帶領哦。」

白霜行回她一個微笑：「老師是想看看，我會以哪種方式死掉吧。」

……講話毫不客氣的混蛋小孩。

數學老師沒立馬應聲，過了幾秒，才僵硬地轉移話題：「跟我來吧。」

白霜行拉住江綿的手腕，邁步向前。

這是一座中規中矩的動物園。

道路兩旁生活著各式各樣的動物，老虎、兔子、巨蟒、猩猩，林林總總，不一而足。

空氣裡瀰漫著草木的清香，這時正值傍晚，夕陽如血，散出緋紅微光；路燈的光線並不強烈，好似一團團昏黃的薄霧。

江綿有些好奇，四下張望。

很快，白霜行意識到不太對。

動物園裡沒有分叉路口，從頭到尾，只有一條暢通無阻的筆直長道。

而且……越往裡走，鐵網中的動物越是古怪。

起先是一隻長著翅膀的兔子。

白兔又胖又圓，身後的羽翼純白無暇，像是從漫畫中走出來的一樣。

江綿看得張大嘴巴，緊隨其後，又見到一隻長了貓咪爪子的蛇。

如果那隻兔子還能讓人覺得新奇可愛，那麼接下來的其他生物，只讓白霜行感到彆扭和噁心，渾身起雞皮疙瘩。

雙頭老虎、蛇尾獅身的不明生物、生有人臉的大象——

她毫不猶豫，一把捂住江綿的眼睛。

厲鬼或許習慣了血腥與殺戮，但此時此刻呈現在她們眼前的，是另一種截然不同的恐懼。

動物的肢體如同一塊塊殘破的拼圖，被支離破碎地拼湊，混亂、畸形、詭譎而怪異，讓人打從心底裡感到不適。

白霜行皺了皺眉。

要不是擔心會在路上錯過重要線索，她才不願意一直四下觀察，把那些古怪的畫面盡收眼底。

實打實的精神污染，這算工傷。

路過一隻滿臉都是眼睛的狗，數學老師終於停下腳步。

在它身前，是這條漫長道路的盡頭。

盡頭高牆聳立，像巨人一般投下沉重的黑影，窒息感鋪天蓋地。

高牆之下，一個巨型鐵籠被黑布罩住，看不清裡面的景象，只能聽見肉塊蠕動的輕微聲響。

「忘了說，今天妳所扮演的角色並非遊客——」數學老師伸出右手，拽住黑布一角：「而是飼養員。」

它說著，將黑布扯下。

白霜行聽見自己心口一跳。

黑布落下，鐵籠裡的生物暴露在視野之中，這裡沒有路燈，僅憑最後一點即將散去的陽光，白霜行看清它的模樣。

準確來說，是「它們」。

這是四個長相怪異的不知名生物，生有章魚一樣的巨型觸手，每條觸手上，密密麻麻分布著幾十雙眼睛、幾十張嘴巴。

觸手漆黑，蠕動時帶出一條條黏膩水漬，張開嘴，露出小刀似的尖牙。

數學老師伸手的剎那，四隻怪物同時警覺，瞬間探出觸手。

只差一秒鐘，它們就能觸碰到數學老師。

「哎呀。」數學老師迅速收回手：「好危險，差點就被咬到了。」

江綿聽見聲響，從白霜行手掌後悄悄探頭，見到四隻駭人的怪物，又馬上縮回腦袋。

「它們是這裡最危險最暴躁的動物，也是妳需要負責的動物。」數學老師笑了笑：

「一定要小心……就算是我，也要防著它們。」

見她躲開，一隻怪物不屑冷嗤，上百張嘴同時顫動：「沒抓到。」

另一隻嘟囔著附和，眨眨眼睛：「就差一點點，最後一點點……」

還有一隻湊到籠子邊緣，朝著白霜行所在的方向嗅一嗅：「活人的味道，好香。」

它們能說話。

白霜行不打算和數學老師廢話：「當它們的飼養員，和數學實踐有什麼關聯？」

「當然有！」數學老師後退兩步，頗為滿意地看著籠子裡的漆黑觸手：「妳看，籠子裡一共有四隻動物，它們饑腸轆轆，迫不及待想要享用晚餐，但——」

它轉過頭：「很可惜，最近的動物園……財政有點困難。」

最後一個字說完，廣播適時響起。

『一個不幸的消息。』

『由於收入銳減，動物園內預算縮減，今天晚上，只能分發三份晚飯。面對這四隻可愛的小動物，妳會怎樣進行分配呢？』

『是三除以四，還是別的方法？』

「就是這樣。」數學老師的語氣裡多出期待：「三份晚飯，如何讓四隻動物滿意？作為老師，我可以悄悄提醒妳一點……這群怪物，只喜歡吃完整的晚餐哦。」

白霜行目光微沉。

也就是說，如果把三份晚飯均分成四份，每隻怪物都不會滿意。

看它們如此凶殘的習性，一旦需求得不到滿足，她這個飼養員肯定會遭殃。

「好了，跟我來吧。」數學老師對她的表情很滿意：「我帶妳去領取飼料。」

領取晚飯的地方，在鐵籠不遠處的一棟小房子裡。

冷氣呼呼而來，剛進門，白霜行就被凍得輕顫一下。

至於數學老師口中的「飼料」——

目光落在房子角落，白霜行抿了抿唇。

對於眼前的飼料，她並沒有感到多麼意外。

那是一具具了無生機的屍體，被保管在攝氏零下的冷凍室裡，沒有腐爛，身上覆蓋著淺淺薄冰。

所以數學老師才會說，那群怪物喜歡吃「完整的晚餐」。

人要是缺胳膊少腿，它們能一眼看出來。

數學老師動作熟練，從中拖出三具屍體，又遞來一個小小的鑰匙：「這就是它們的晚餐，妳拿走吧。對了，這是打開鐵籠的鑰匙，想餵食必須打開籠子。」

白霜行看向角落裡小山一樣的屍體：「財政緊縮？這裡不是還有很多？」

「這些都是儲備糧。」數學老師聳肩：「我的身分是動物園園長。接下來的時間，我會一直守在這。我想……妳應該不會愚蠢到在我眼皮子底下行竊吧。」

它心情不錯。

每到這種時候，它都覺得格外興奮。

這間房子裡明明還剩下數不清的「飼料」，學生們卻只能拿到可憐兮兮的三份。

希望近在眼前，他們卻不得不與它失之交臂，滿心憤怒又無可奈何，那種無能為力的樣子，讓它感到非常有趣。

「對了，還有最重要的一點。」數學老師毫不掩飾殺意，如同等待老鼠上鉤的貓：「倒數計時十五分鐘。時間結束，如果它們還不能滿意……恐怕就會把妳變成食物了喲。」

白霜行認真聽完規則，站在原地思忖片刻，一陣子後，把「飼料」一個個拖出小屋。

她的背影消失在門邊。

數學老師懶洋洋地晃動脖子，頭上書頁翻動，現出嶄新的一頁。

在同一個場景中過去這麼久，是時候看看其他學生們的表現了。

書頁嘩嘩作響，在它的意識裡，浮現出許多畫面。

首先是血肉橫飛的一幕。

十五分鐘的倒數計時迫在眉睫，一個男生走投無路，抱著試試的想法，把「飼料」平均分成四份。

結局不用多想，當然是被四隻憤怒的怪物撕成碎片，死狀慘不忍睹。

愚蠢的孩子。

那些怪物脾氣暴躁，一旦飼料偷工減料，它們必定會把怒火一股腦發洩在飼養員身上。

心裡這樣想著，它忍不住低低笑出聲——學生瀕死前的哀嚎，真是太有意思了。

注意力一轉，數學老師看到另一處課堂。

畫面中心站著瘦高清俊的男生，它記得對方的名字是「季風臨」。

此時此刻，他正安靜站在鐵籠之前，身邊擺放著一具屍體。

沒錯，只有一具。

鐵籠裡的怪物發出含糊不清的嘈雜低語，季風臨神色平靜，語氣淡淡：「動物園財政緊縮，從今以後，只會提供給我們一份飼料。」

明明就是三份，這個騙子。

數學老師隱隱生出預感，知道他接下來會說什麼。

聽見「一份飼料」，四隻怪物睜大歪歪扭扭的眼睛，目露殺意。

季風臨卻是笑笑：「一份飼料只能給你們之中的一個，對吧。你們要不要商量一下，看誰最有資格得到它？」

這句話如同火星，瞬間點燃鐵籠裡的氣氛。

怪物們面面相覷，良久，第一張嘴開口：「最有資格……我……我。」

另一隻怪物反駁：「明明是……咕嚕……我！」

數學老師露出了然的神色。

果然是用這一招。

如果給怪物們三份食物，它們會把更多的怒意出在飼養員身上。

但如果只給它們一份，為了搶奪這份珍貴的晚餐，它們將更加在意其他的怪物，並把其他怪物看作自己的競爭對手。

如此一來，就會出現這樣的情況——

鐵籠裡的爭吵越發刺耳，終於，爆發一場血腥的廝殺。

怪物們彼此撕咬，淌出濃黑色的血，而季風臨站在鐵籠之外，面色平靜。

等三隻怪物沒了呼吸，最後活下來的幸運兒大口喘著粗氣。

季風臨信守承諾，打開鐵籠，把一具屍體遞給它。

沒有任何波瀾，任務完成。

數學老師輕哼一聲，看向另一邊。

一幕幕畫面如流水湧來，它看得愜意，頭上書頁輕顫。

這群學生裡，有害怕到嚎啕大哭的，有走來走去毫無頭緒的，當然，也有出現失誤，慘遭虐殺的。

太有意思了。

數學老師心中的期待更甚。

直到現在，它都記得是白霜行引發教學事故，讓國文老師喪命。

這是它特地留在這裡的原因，跟著這個學生，說不定可以見到有趣的事情。

不知道白霜行……能不能給它意料之外的驚喜呢？

白霜行離開小屋子，天色已經全暗。

她將「飼料」放在門邊，想了想，快步走向不遠處的鐵籠。

此時此刻，距離倒數計時結束，還有十二分鐘。

現在正值吃飯時間，怪物們見到她，紛紛張開血紅的嘴巴，七嘴八舌。

「吃的呢？」

「好餓……好餓！」

「人類，新鮮的人類！吃……！」

監察系統六六三雙手托起腮幫子，等待她的回應。

說實話，它其實挺期待白霜行下一步動作。

她要是還能活著，六六三就當看了一場好戲；她要是死掉……它會更開心。

從白夜開始到現在，白霜行殺了國文老師、利用必死的校規作擋箭牌，甚至莫名其妙召喚出一隻全新的厲鬼，把鬼魂們耍得團團轉。

每件事都惡劣至極，六六三只想讓她儘快消失。

「餓了？」白霜行站在鐵籠前，與一雙雙駭人的眼睛對視：「不過……不好意思，今天晚上的食物數量，是零。」

不只四隻怪物，六六三也是一愣。

……零？

這場數學實踐的任務，是餵養成功，並活到最後。

她連一份飼料都沒有，怎麼完成餵養的要求？

「動物園生意不好，我們園長說了，今後很可能無法提供晚餐。」白霜行嘆了口氣：「對不起，要讓你們餓肚子了。」

「怎……怎麼會這樣？」一隻怪物蠕動身體，觸手亂顫：「我們之所以留在這裡，就是因為提供伙食……食物！要食物！」

另一隻的脾氣更加暴躁，隔著鐵籠的縫隙伸出觸手，利齒劃破冰冷空氣，在白霜行頰邊留下一條血痕。

江綿倏地護在她身前。

「但是——」白霜行神色微變，似是有些糾結：「其實，我今天路過那間小房子的時候……發現裡面還藏著不少食物。」

六六三：『……』

六六三：『……』

它忽然有糟糕的預感。

非常非常糟糕。

果不其然，下一秒，就聽白霜行繼續道：「明明還有食物，園長為什麼不願意提供給你們呢？這不是惡意壓榨嗎？真是想不通。」

六六三：『……』

妳是什麼品種的綠茶白蓮花！人家分明提供了食物，只不過被妳藏起來了好嗎！

而且這樣一來——矛頭忽然全部轉向數學老師了啊！

『喂！』六六三跺腳叉腰：『妳不要憑空污人清白！過分！』

白霜行不理它。

她看著籠子裡的怪物，目光真誠：「明明付出了這麼多，每天待在鐵籠子裡，園長卻苛扣你們應得的報酬，就算是我，也覺得生氣。」

她說完眨眨眼睛，眸子裡有微光閃爍：「我說……你們想不想，得到更多的食物？」

第一次見到四隻怪物時，它們曾與數學老師對話，也就是說，能溝通。

而且從它們說話的語氣和邏輯來看，智商不怎麼高，很容易哄騙——

毫無疑問，這是對白霜行最有利的情況。

從那時起，她就開始思考對策。

白霜行想了三個辦法。

最簡單的一個，是悄悄告訴其中三隻怪物，第四隻觸犯了動物園裡的規則，被園長要求肅清。

一旦它們群起而攻之，解決第四隻怪物，就能得到今天的晚餐。

第二個辦法，是養蠱。

顧名思義，拿出一份晚餐，讓怪物們自相殘殺，留下最強的一個。

這兩個辦法都能讓她活命，但總覺得差了點什麼。

後來她仔細想想，終於明白其中的不對勁。

如果她什麼也不做，她這個飼養員就是一切惡果的承擔者；讓怪物彼此爭鬥，則是把矛頭指向它們。

那化身為園長的數學老師呢？精心策劃這一切，為什麼唯獨它能全身而退？

於是思來想去，她決定採用第三個辦法。

想把三份食物平均分給四隻怪物……

只要她取代園長，擁有冷凍庫裡所有「飼料」，難道還會糾結這個問題嗎？

距離倒數計時結束，還有五分鐘。

一隻怪物動了動腦袋：「更多……食物？」

「沒錯。」白霜行揚唇一笑：「每餐一份飼料，是不是太少了？如果你們幫我除掉園長，等我接替它的位子，我可以給你們雙倍。」

——第一步。

假裝沒得到食物，營造出「園長對怪物們置之不理，苛扣食物」的假像，把怪物們對數學老師的好感度拉到最低，甚至是深惡痛絕。

這時候，只要白霜行表現出足夠多的友善，就能瞬間收穫它們的信任。

更何況，她給出了雙倍的福利。

一個摳門至極的舊東家，和一個兩倍大方的新老闆，沒有誰不會為後者心動。

『等等！妳想幹什麼！』六六三想通她的意圖，如遭雷擊：『快住手！』

「可是……」另一隻怪物眨動繁星一樣的眼睛，冷冷審視她：「妳，不可信任。」

「難道園長就能夠信任？」白霜行與它對視，目光坦然：「放心，我從小到大受到的教育是以人為本。如果我能取代它的位置，一定不會虧待你們，兩份食物只是保底，如果表現好，還會有更多獎勵。」

——第二步，資本家式畫大餅。

無限拉高怪物們的期待值，讓它們心甘情願幫她做事。

角落裡的怪物遲疑道：「可是——」

「什麼『可是』？」白霜行：「你不幹，有的是人幹。你看看整個動物園，這麼多飛禽走獸，誰不想分一杯羹，得到兩倍的食物？」

六六三：『……』

別說了。

再說，這群怪物要被唬爛瘸了。

——第三步。

表現出一定程度的魄力與決心，讓怪物們對她深信不疑。

很快，白霜行的語氣柔和一些：「只要今天努力一試，日後就有更多更好的待遇等著你們。難道你們甘心一直生活在園長的壓榨之下嗎？連一份食物都不願意給，這種人，跟著它有什麼希望可言？」

角落裡的怪物果然乖乖閉嘴，顯出動容之色。

六六三：『……』

妳真的好像撬人牆角的無良資本家啊！

時間一點點過去。

距離倒數計時結束，還有三分鐘時間。

「那——」白霜行眨眨眼，拿出鐵籠鑰匙：「為了明天的幸福生活，我們走吧？」

與此同時，小屋裡。

數學老師悠閒站在門邊，欣賞著學生們戰戰兢兢的模樣。

真有趣。

它在心中下了評語，看時間一眼。

倒數計時即將結束，白霜行仍然沒有通過實踐，看來這次，她註定栽在這裡了。也不過如此嘛。

國文老師那個蠢貨，怎麼會死在她手裡？

心中冷嗤一聲，不知道是不是錯覺，它聽見怪異的聲響越來越近。

人類不可能發出那樣的聲音，它心生困惑，慢悠悠推開大門，想要一探究竟。

看清門外景象，數學老師呆住。

等、等等，鐵籠裡的四隻怪物為什麼全跑出來了？而且在它們身邊的……居然是安然無恙的白霜行！

她怎麼可能沒被吃掉，還和怪物們一路同行？

再眨眼，最前面的怪物咆哮出聲，直愣愣伸出觸手，利齒如刀，刺向數學老師喉嚨。

數學是一門嚴謹的、講邏輯的科目。

然而資本家，從來不講邏輯。

四隻怪物均分三塊食物，只要有了資本的積累，白霜行可以讓三塊變成八塊、十六塊，甚至一百塊。

同樣地，她也能讓四隻怪物變成三隻、兩隻、一隻，一切全憑心情。

兩份食物就能換來一次賣命的機會，想想還挺划算。

「你們瘋了！」數學老師狼狽躲開突襲：「你們憑什麼幫她！」

觸手翻湧，無數隻眼睛瘋狂眨動。

怪物發出無比篤定的怒吼：「她是……好老闆、新老闆！妳，不給吃的，死！」

數學老師心中只剩下茫然。

什麼鬼東西？誰不給吃的了？那三份食物是擺設嗎？還有新老闆，誰是新老闆？

「大概在說我吧。」白霜行禮貌一笑：「老師，再見啦。」

數學老師：？

數學老師：？？？

等等，不過短短十分鐘，它錯過什麼了？劇情變成什麼樣了？

又是鋪天蓋地的觸鬚狂湧而來，這一次，數學老師來不及躲藏。

一本殘破的課本嘩啦摔在地上。

不講邏輯的資本家，最終殺死了數學。

第四章　導師辦公室

數學老師的頭顱咕嚕落地，在怪物們此起彼伏的尖嘯聲裡，染上髒污泥灰。從不久前的洋洋得意，到此時此刻的氣息全無，只用了不到一分鐘的時間。

六六三沉默了。

不在沉默中爆發，就在沉默中滅亡。

安靜幾秒鐘後，監察系統六六三用力跺腳，有氣急敗壞的趨勢。

『妳……妳這！妳都幹了什麼啊！』它氣得快要說不出話，潔白的長裙不斷搖擺：『太過分了、太過分了！我的白夜！』

六六三不明白。

之前白霜行以一人之力幹掉國文老師，已經讓它焦頭爛額，現在同樣的遭遇，居然又發生在數學課上——

正常的挑戰者不是應該戰戰兢兢小心翼翼、竭盡全力討好那四隻怪物，只要自己不被吃掉，就萬事大吉嗎？

怎麼會有人把矛頭全部轉向身為幕後管理者的數學老師啊！還有什麼「取代動物園園長」……這是妳一個小小飼養員應該考慮的事嗎！

白霜行看著地上癱倒的軀體，微挑眉梢：「妳生氣了？」

六六三：『……』

這是嘲諷吧。

她絕對是在面不改色心不跳地嘲諷吧。

時至此刻，不知出於什麼原因，六六三生出一絲危機感。

如果國文老師的死亡還能算作一場意外，在數學課上發生的一切，顯然是白霜行有意為之——跳脫已有規則的限制，恰到好處地轉移矛盾，在大多數人還在思考如何活命時，她已經想到如何幹掉幕後Boss。

……這個人，有點難辦。

接下來所剩的課程不多，如果可以的話，下一節課必須把難度加到最大，儘快解決掉她。

腦海中的六六三號小人陰沉著臉，白霜行自動忽略它的不爽，無言抬頭。

數學老師一命嗚呼後，這場幻境逐漸溶解。

身前的怪物們興奮扭動著觸鬚，無數雙眼睛黑白分明，與生有尖牙的一張張嘴巴交錯排布，密密麻麻，令人感到害怕。

白霜行看著它們，十分友好地笑了笑。

「死……食物，兩份食物！」其中一隻怪物大喊：「餓！晚餐！」

「別著急。」

白霜行側過身，一把推開冷凍庫大門。

房門吱呀，被打開的剎那，露出小屋內層層堆疊的屍體。

如同一座小山，這是它們的飼料。

白霜行向來不會食言。

「屋子裡的這些，全都送給你們吧。」她說：「再見啦。」

在幻境即將消失前，怪物們衝進冷凍庫大快朵頤。

很快，白霜行眼前一黑。

短暫的漆黑持續了幾秒，等她再眨眼，又回到熟悉的教室。

……不對。

將身邊的情況掃視一圈，白霜行皺了皺眉。

教室裡空無一人，很亂。

國文課結束，他們從詩詞大混戰裡離開，活下來的學生們全都好端端出現在教室裡；至於教室中的景象，和他們離開前並無兩樣。

這次卻不同。

桌椅凌亂，有不少被人用力踢開，亂糟糟倒在地上。

學生們不見蹤影，四周空蕩蕩，找不到半個人影——

白霜行抿唇，視線停留在教室門口。

除了門邊那三具屍體。

那是三個學生，死狀很慘，要麼被剖開了胸口，要麼四肢被殘忍分開，每一個都死不瞑目，驚恐且絕望地睜圓雙眼。

鮮血猙獰，肆意噴濺在牆壁之上，如同死者們無聲的哀鳴。

想到江綿還在自己身邊，白霜行捂住小朋友的眼睛。

「……沒關係的。」江綿靦腆地笑了笑：「這種樣子，我見過很多。」

她是厲鬼，在白夜裡見過許多血腥險惡的景象，面對眼下的情況，其實已經漸漸適應了。

但是……

能被白霜行無時無刻記掛在心裡，女孩覺得很開心。

除了和哥哥在一起的時候，她很少受到這樣的關心。

白霜行捏捏她的手掌，領著江綿一步步往前。

對於教室裡的情況，白霜行大概想明白了。

在第二場數學實踐裡，她不僅抓著十五分鐘的倒數計時完成了挑戰，數學老師死掉之後，還在課程中停留過一段時間。

如果採用其他方法，譬如只給怪物們一份食物進行養蠱，只需要不到五分鐘，就能結束實踐，從幻境裡離開。

在她之前，能想到辦法的學生們全都順利通關，方法用錯的，則死在那四隻怪物的手裡。

也就是說，她是最後脫離數學實踐的。

其他通關的學生們提前回到教室後……顯然遇上了麻煩。

白霜行下意識看向沈嬋的座位。

很好，椅子被踹飛倒在地上，說明沈嬋活著離開數學課，在教室裡匆忙奔跑。

——等等。

在沈嬋的桌上，留著張紙條。

白霜行心下一動，拿起紙條，見到上面潦草不堪的字跡，不禁揚起唇角。

『怪物！跑！班導校規六！』

班導師版本校規，第六條。

『一旦在學校裡見到巨大的狂躁怪物，請立即逃跑，並報告班導師。』

沈嬋一向聰明，見她還沒從實踐課程中離開，冒著生命危險留下這張紙條，當作給白霜行的提示。

多虧它，白霜行大概猜出教室裡發生的事。

班導師和校長分別給他們一份校規，當教室中的哭聲響起時，只有遵守校長版本的規則，不動也不出聲，才能安全存活。

如此一來，大部分學生都會選擇相信校長。

當數學課結束，教室或走廊裡出現所謂的「狂躁怪物」，他們像校長所說的那樣，保持安靜沒有動。

然而看現在的情況，在所有人一動也不動的時候，「狂躁怪物」破門而入，直接刺穿三個學生的胸口。

於是所有人慌忙四散，急匆匆逃出教室。

所以沈嬋才讓她遵守班導師版本的第六條規則。

「姐姐。」江綿看向空無一人的室內，眨眨眼睛：「哥哥……在這裡嗎？」

白霜行目光微動。

她記得季風臨的座位，椅子同樣有被挪動過的痕跡。

還活著。

她鬆了口氣。

「嗯。」白霜行溫聲：「我們現在被捲進另一場白夜裡，其中有妳哥哥兩年前的意識──他一直很想念妳，見到我後，立刻問起妳。」

聽她說完，女孩漆黑的瞳孔中溢出期待的光：「兩年前？」

「他十六七歲，是個高中生。」白霜行笑：「模樣不錯，性格很乖，妳會喜歡的。」

小厲鬼毫不掩飾心裡的喜悅，輕輕抱了抱她的腰身。

「不過，這裡的學生似乎遭遇危險，全都逃開了。」白霜行：「我們去外面找他吧。」

江綿點頭：「嗯！」

沈嬋和季風臨生死不明，白霜行帶著江綿離開教室。

走廊裡闃靜無人，在通往樓梯的轉角旁，躺著一具血肉模糊的屍體。

血腥味撲面而來，白霜行忍住噁心反胃的衝動，默默移開視線。

她正要繼續往前，忽然聽見熟悉的聲音：「霜霜！」

是沈嬋。

白霜行迅速轉頭。

說來也怪，學校裡其他教室空蕩蕩，除了他們這個班級，再也沒有別的學生。

隔壁班的教室沒有開燈，在霧濛濛的天氣裡格外昏暗，此時此刻，沈嬋從窗簾後探出腦袋。

「真的是妳……妳終於出來了！」沈嬋面露喜色，壓低聲音：「看見我留的紙條了嗎？」

白霜行點點頭，翻窗而入，來到沈嬋身邊：「妳在這裡等我？」

沈嬋揚起下巴，輕輕點頭。

——她可是很聰明的！

越是危急關頭，越不能自亂陣腳。怪物出現時，白霜行還沒從數學實踐裡出來，於是沈嬋特地留了紙條，在隔壁教室耐心等待。

白霜行將她掃視一遍：「你們遇到怪物了？受傷了嗎？」

「沒，我好著呢。」沈嬋重新藏到窗簾後面，皺了皺鼻子：「是一顆超級大的眼珠子——有黑板那麼大，周圍全是血絲！幸虧妳沒看到，要不然肯定做噩夢。」

她有些想不通：「不過奇怪的是，我們起先按照校長版本的規則，坐在教室裡不動，結果那個眼珠子轟隆隆闖進來，跟大卡車似的。」

——之前啜泣聲響起，不是要遵循校長的規則才能活命嗎？

「我有個猜測。」回憶起今天發生過的所有事情，白霜行說：「妳還記不記得，校長版本的規則出現時，整個教室都被血肉籠罩、變得很奇怪？」

沈嬋點頭。

「當時不僅教室，連校規紙也成了血紅色。」白霜行：「或許兩套規則都是正確的，只不過適用的環境不同。當教學大樓處於正常狀態，我們需要遵守班導師定下的規則，遇見怪物立刻逃跑；當教學大樓發生異變、校規紙變成血紅，就要遵循校長的版本。」

很明顯，現在是前一種情況——教學大樓的外觀一切如常。

「很有可能。」沈嬋撓了撓頭：「班導師給出的校規裡，第一條不是問號嗎？我還以為它是『以下規則都是假的』呢。」

中級難度的白夜挑戰，果然不會那麼簡單。

「對了。」白霜行說：「妳見過綿綿的哥哥嗎？」

「嗯！」沈嬋：「那顆眼珠子發了瘋一樣追殺學生，規則裡不是說了嗎？一旦遇到危險，要立馬向班導師求助——他去教師辦公室了。」

如果順利的話，班導師出現，眼球怪物應該會隨之消失。

她還想再說些什麼，張了張嘴，忽然僵住。

白霜行也覺察到怪異。

她藏在窗簾之後，整個人背對著窗，只能看見教室裡的情景。就在這一秒，悄無聲息地，視野裡光線淡去，被漆黑的影子籠罩。

像一灘渾濁的水，把她吞沒。

有什麼東西，正在她身後。

白霜行沒出聲，與沈嬋飛快對視一眼。

——然後毫不猶豫地拉起江綿的手，迅速遠離窗邊！

就在她行動的剎那，身後響起震耳欲聾的轟鳴咆哮，一根粗壯的血管穿透窗口，不偏不倚，插向白霜行剛剛站的地方！

萬幸，她的後背只是險險擦過那條血管。

「……我靠。」沈嬋倒吸口氣：「這鬼東西怎麼還在？它怎麼發現我們的？」

白霜行回頭。

正如沈嬋所說，窗外的怪物是顆巨大的人眼。

眼球外凸、布滿血絲，猩紅與黑白纏繞交錯，不知從什麼地方發出含糊不清的咆哮。

它周圍漂浮著數條粗細不一的血管，正像蛇蟲一樣瘋狂扭動，其中較細的幾根探入門縫和窗戶，彷彿擁有意識，正直勾勾對著她們。

——她們很可能是被這些血管發現的。

眼球的窺視無孔不入，沈嬋頭皮發麻，當即開口：「快跑！」

眼球厲聲尖嘯，撞碎窗戶玻璃，帶著血管闖進教室。

白霜行眉心跳了跳，繞開門縫邊的血管，從正門快步離開。

不幸中的大幸，眼球的智商貌似不太高。

偷襲失敗，它將怒火盡數發洩在窗戶和桌椅上，身旁血管飛舞，刺穿一張又一張課桌椅。

趁著這個空隙，兩人得到充足的逃跑時間。

「他們沒找到班導師嗎？」沈嬋邊跑邊開口，只覺得一個頭兩個大：「還是說，班導師不能讓怪物消失？」

白霜行：「應該是第一種可能性。」

如果連規則裡提到的班導師都對付不了它，那他們這群學生將毫無生路可言。

白夜裡，不會出現必死的局面。

她想了想，看向沈嬋：「妳知道辦公室在哪個方向嗎？」

「我看他們往左邊去了。」沈嬋說：「我們去看看？」

白霜行點頭。

她們用盡全力奔跑，身後的眼球怪物漸漸沒了影蹤。

穿過一個轉角，白霜行和沈嬋同時怔住。

轉角之後，是另一條走廊。

走廊盡頭能見到通往上一層樓的階梯，以及一間門上掛著「辦公室」方牌的房間，房門緊閉，裡面亮著燈。

白霜行總算知道，其他學生為什麼沒能找到班導師了。

走廊不長，左側整齊排列著一間間教室，在廊道的地面上，則是一條條蠕動的血管。

血管如蛇，猩紅的身軀四散於廊間，不用想也知道，一旦有人試圖靠近，一定會引起它們的注意。

而走廊裡的確散落著兩具學生的遺體，像是被什麼東西狠狠撕扯過。

沈嬋不想多看，挪開視線。

身旁的教室裡傳來一聲低呼：「白霜行、沈嬋？」

白霜行循聲望去，見到陳妙佳。

在她身邊，還躲藏著好幾位學生。

沈嬋指了指走廊地上的血管：「這些……」

「妳們千萬別進去！」陳妙佳的聲音裡帶著哭腔：「要是被那些血管發現，眼球會來的。」

「我們試著靠近。」一個男生說：「眼球出現得太快了，只有幾秒鐘時間，那兩個同學剛走到一半，就被——」

他沒說下去。

目睹兩名學生的慘狀，大家不敢再進入走廊裡冒險。

白霜行頷首：「如果全速奔跑呢？」

「走廊那麼長，跑也要時間。」男生搖頭：「而且眼球怪物是從身後來的，根本不知道它會從哪裡出現。」

說不定跑著跑著來不及閃躲，一下子就被它撕裂。

不確定性太多，沒人敢拿生命冒險。他們嘗試過大聲呼救，可惜沒用。

白霜行皺眉：「你們見過季風臨嗎？」

「他很快就走了。」陳妙佳小聲：「我們一直躲在這裡，不知道他去哪裡。」

江綿眨眨眼，目光有些暗淡。

不管怎樣，必須儘早敲開辦公室的門。

白霜行想，通往辦公室的路上危機四伏，恰恰說明了它的重要性。

「或許，我可以試試。」離幾個學生稍遠一些，白霜行思忖出聲：「和宋晨露的奶奶簽訂契約後，我得到一個名叫『守護靈』的能力。」

「守護靈」是防禦型技能，可以同時保護五個人，抵禦一次鬼怪襲擊。

由於等級不高，每三天只能使用一次。

「這麼早就要把它用掉嗎？」沈嬋摸摸下巴：「我們還沒見到最終Boss，最好能把這個技能留著，以防萬一。」

她說得沒錯。

眼球只不過是一條校規裡的衍生怪物，比起整場白夜的主宰者，無異於小巫見大巫。「守護靈」的冷卻間隔太長，每場白夜最多使用一次，如果可以的話，應該用作保命的底牌。

畢竟這是中級難度的挑戰，越往後，只會越難。

「嗯……翻窗出去，爬水管爬上四樓，再從樓梯直接下來呢？」白霜行想了想：「樓梯就在辦公室旁邊，下樓的話，就不用經過走廊裡的血管。」

一段話說完，她立馬自己否決了。

這個辦法聽起來可行，實際操作難度極大，以她這種體力，肯定會直接摔下去。要是這樣，她恐怕會成為白夜裡史無前例的自殺第一人。

思來想去，用「守護靈」是最穩妥的辦法。

忽然，白霜行聽見小小的聲音：「我也可以。」

她一愣，低頭看向江綿。

「不行，太危險了。」白霜行：「在白夜裡，妳是沒辦法使用任何能力的。」

江綿被召喚而來，和普通小孩沒什麼差別。

白霜行不可能讓她去冒險。

女孩搖搖腦袋，眼神堅定：「如果它追上我，我可以從這裡離開。」

沈嬋怔了怔：「什麼意思？」

「……她從『神鬼之家』被我召喚過來，只要她想，可以隨時回去。」白霜行沒有遲疑，當即否定這個辦法：「召喚每場只能用一次，要是離開，就回不來了。」

那樣一來，江綿就無法見到這場白夜裡的季風臨。

她明明那麼期待，一直想要與哥哥重逢。

「用『守護靈』，最保險也最方便。」白霜行溫聲說：「我們——」

她驀地一頓：「綿綿！」

就在眨眼之間，江綿身形倏動，跑向布滿血管的走廊！

血管扭動如海藻，感受到她的腳步，紛紛劇烈翻湧。

細細看去，每條血管頂端，都生著一隻眼睛，死死盯向奔跑著的小小身影。

江綿咬牙，不顧一切往前。

她當然想見到哥哥，心中的期待從來沒有消退過，但與此同時，她也明白這場白夜挑戰的危險性。

姐姐之所以進入這裡，是因為前往興華一中幫她尋找哥哥——
無論在白夜裡的百家街，還是白夜外的現實世界，姐姐永遠在保護她。
對於江綿來說，姐姐也是重要的人。
女孩也想保護她，幫她做些力所能及的事情。
雖然見不到哥哥會覺得傷心……但她想讓白霜行更可能地活下去。
白夜凶險莫測，留住「守護靈」就多一份機會。
身後響起眼球怪物的怒吼，江綿拼盡全力，加快腳步。
快了。
辦公室，就在她觸手可及的地方。
目的地近在咫尺，女孩用力敲響大門：「老師，救命！」
電光石火，眼球怪物已經來到她身後。
鋪天蓋地的殺氣洶湧不休，江綿做好準備回到「神鬼之家」，白霜行則打開技能面板，看向「守護靈」。
然而恰在這一瞬間——
原本空曠無人的樓梯上，竟陡然出現屬於人類的影子！
「欸——」人影瘦高修長，認出它的主人，陳妙佳不敢置信，揚聲驚呼：「季、季風臨！」

「不是吧！」沈嬋錯愕睜大雙眼：「他——他真的爬上四樓了？」

怪物劇烈顫抖，眼球中央裂開一張血盆大口。

眼看利齒漸近，恍惚間，江綿感受到一陣冷冽的風。

來得猝不及防，帶著一點若有似無的皂香。

有人從樓梯中跨步而下，伸手將她抱進懷中，千鈞一髮間，帶她躲開怪物致死的突襲。

隱約意識到什麼，心臟砰砰直跳。

女孩想要抬頭，卻見那人伸出骨節分明的手，動作溫柔，捂住她的雙眼。

「別看。」季風臨聲音很低：「……被嚇壞了吧？」

第五章　物理花園

被捂住雙眼之後，視野裡剩下一片漆黑。

四面八方充斥著蕭瑟凌厲的風，她背後卻是溫熱柔和的暖意，讓江綿一時間來不及反應，就像做了場離奇的夢。

她……被人救下了嗎？

將她抱住的這個人——

眼球怪物渾身震顫，發出刺耳的尖嘯，眼球中央的血盆大口一開一合，顯然做足了準備，打算再次發起襲擊。

只可惜，它沒能如願。

江綿拼盡全力敲響辦公室的大門，房門被人打開。

「出什麼事了？」長相與常人無異的班導師站在門口，目光飛快掠過幾個面色慘白的學生、把江綿牢牢護住的季風臨，以及走廊上猙獰恐怖的眼球怪物。

說來神奇，當她出現，眼球怪物頓時停下怒嚎，只有眼珠子骨碌碌轉動。

見到它，班導師露出慍怒的神色。

「學校裡有規定，不允許擾亂校園秩序、傷害學生。」她沉聲說：「你違反了規則。」

話音方落，走廊中響起一陣微弱的嗡鳴。

鳴聲悠長，好似警報聲，隨即，眼球怪物發出尖聲哀嚎——

一團青藍色的火焰從它的眼角生出，以迅雷不及掩耳之勢向四周蔓延，很快灼燒至眼珠、眼白，乃至於一條條古怪的血管。

烈焰洶洶，青藍色澤透出萬分幽異。

眼球怪物痛苦不堪，奮力掙扎著扭動，然而那火焰並不能被外力撲滅，無論它揮動血管引出呼呼冷風，還是用力在地上滾來滾去，火勢都毫無消退的意思。

不到十秒鐘的時間，怪物燃燒殆盡，化作一團青灰。

沈嬋看得目瞪口呆：「眼珠子已經很強了，班導師居然能一招滅掉它……她得有多厲害啊？」

白霜行正暗暗思考著，聞言點了點頭。

「你們還好嗎？」眼球怪物消失在視野裡，班導師臉上的怒意迅速褪去，微微揚起嘴角：「最近學校裡經常出現奇怪的東西，讓同學們受驚了——醫務室暫時關閉，如果有同學受傷，可以來我這裡擦藥。」

她表現得溫和友好，加上剛剛保護了在場所有人，看起來還算值得信賴。

陳妙佳眼眶發紅，怯怯地向她靠近一步，忍不住詢問：「老師，這是怎麼回事啊？那些校規，還有學校裡出現的怪物……太嚇人了，您能告訴我們嗎？」

陳妙佳說著一頓，想起不久前見過的血腥畫面，抬手擦去眼角的淚珠：「好多人都死了……有的死在實踐課程裡，有的被那隻怪物直接撕成碎片，我們學校為什麼會變成這個樣子？」

班導師的表情有些無可奈何。

「我也不清楚原因。」她說：「但可以確定的是，只要按照校規上的內容去做，一旦遇到危險，立刻來辦公室找我——這樣的話，你們一定不會出事。」

白霜行垂著眼，聽她繼續說：「無論何時何地，老師都會保護你們。」

班導師的辦公桌裡準備了擦傷藥和優碘。

在逃跑過程中，幾個學生或多或少經歷過磕磕碰碰，這時手上腳上全是瘀青，跟著她一起進了辦公室。

一場危機有驚無險地度過，白霜行鬆了口氣，看向走廊盡頭。

班導師出現後，季風臨緩緩鬆開覆在江綿臉上的手掌，從地上站起身。

小朋友還有些恍惚，茫然地眨了眨眼睛，仰頭望向身前的少年時，雙眼一點點睜大，溢出淺淺微光。

是熟悉的柳葉眼，高鼻樑，還有薄薄的嘴唇。

就連笑起來的弧度也和小時候一模一樣，並不張揚，而是溫溫和和的，帶著近鄉情怯的緊張與青澀。

江綿怔怔開口：「哥……哥哥？」

身穿藍白制服的少年定定凝視她半晌，倏然彎起眉眼無聲笑開，抬起手，摸摸她的腦袋。

剛觸碰到毛絨絨的黑髮，就見小朋友眼眶一紅，癟了癟嘴——然後嗚嗚嗚哭著張開兩隻小短手，用力抱住他。

在白夜裡苦苦掙扎那樣久，她無時無刻不在盼望著重逢，然而如今真的見到了，滿肚子想說的話一句也吐不出來，只有眼淚不停地落。

厲鬼的眼淚是血紅色的，江綿哭著哭著意識到這一點，動作停住。

她不想弄髒哥哥的衣服，抽抽噎噎後退一步，然而下一刻，就被對方用更大的力氣回抱起來。

「對不起。」季風臨輕輕撫摸小孩的後腦勺：「那時候，我沒能救妳。」

妹妹被父親賣給修習邪術的百里，當他再見到她，已經是警方上門，讓不到十歲的男孩前去認領屍體。

妹妹明明是和他一起上學的。

他如果能把她看得更緊一些、保護得更好一些，或許江綿就不會出事了。

有很長一段時間，他被自責感折磨得快要發瘋。

江綿用力搖頭。

小孩還在嗚咽著哭泣，一時說不出話，季風臨微微抬眼，看向不遠處的白霜行。

他笑了笑：「謝謝。」

心裡的石頭穩穩落地，白霜行禮貌頷首，回予淺淡的笑。

兄妹時隔多年終於團聚，她不好打擾，與沈嬋對視一眼，走進辦公室裡。

室內的陳設裝潢非常普通，面積不大，整齊擺放著好幾套桌椅。

除了他們的班導師秦夢蝶，這裡還有幾個「老師」——準確來說，是書頭人身的怪物。

白霜行逐一打量它們的封面，物理、化學、英語……

沒有國文和數學。

取而代之的，是兩張空無一人的辦公桌。

嗯……看來那兩位老師死得很透。

辦公室裡的氣氛原本還算祥和，在她進門的剎那，幾個長相古怪的「老師」紛紛抬頭，投來冷肅且警惕的目光。

一瞬間，它們達成了共識——這就是那個新轉來的問題學生。

那可是兩個老師啊。

國文的慘死已經讓它們驚掉下巴，就在不久前，居然又傳來數學完蛋的消息，還是死在同一個人手上。

走哪死哪，這人是死神高中生嗎？

「白霜行同學。」化學老師正在氣頭上，語氣稱不上友善：「我們還想找妳問個清楚，沒想到妳自己來了——請妳好好解釋一下，為什麼會連續出現兩次教學事故！」

果然是因為這件事。

「比起你們口中的『教學事故』，很多學生在上課時死掉了，這才是應該關注的重點吧！」沈嬋毫不猶豫地嗆回去：「這種事甚至不是教育部能夠管理的範疇，你們會被送去警察局！」

「就是啊。」陳妙佳壯著膽子，聲音很小：「你們的命是命，我們學生的命就不是嗎？」

與沈嬋的義憤填膺相比，白霜行本人倒是沒什麼情緒起伏，只是微微笑了下：「我的所作所為有問題嗎？」

不等化學老師出聲，她慢條斯理地說：「請問，我有違反校規，做出違背規則的事情嗎？」

辦公室裡沉默一秒。

老師們當然想肯定的回答，但仔細一想……這事還真的沒有。

白霜行看出它們的沉默，又輕聲開口：「我有親自襲擊老師、直接導致兩位老師死亡嗎？」

人身書頭的怪物們：「……」

好像，還是沒有。

雖然數學和國文都因白霜行而消失，但歸根結底，她頂多算間接凶手。

國文老師對學生們動了殺心，打算大開殺戒時，被鬼魂襲擊致死；數學老師則是死在四隻饑腸轆轆的觸手怪物手裡，至於白霜行從頭到尾做了什麼？她只是和觸手怪物們說了幾句話。

「利用古詩詞進行攻擊，是國文老師自己定下的規矩；數學老師讓我們飼養怪物，也從沒限制過飼養的方法。」白霜行面不改色：「我只是在他們設立的框架裡，努力想學好這兩門課程，通過實踐考核而已。」

一個認真遵守規則，只想好好學習的學生，她有錯嗎？

就算導致了不好的結果，也只能說是無心之過。

怪物老師們集體陷入沉默。

「關於教學事故，白霜行同學確實應該多加注意，以後上課的時候，不必思考太過偏激的解題方法。」感受到氣氛的尷尬，班導師笑著說：「對妳好，對老師們也好。」

她還有句話沒說出口。

如果繼續這樣下去，不到兩天，班裡的老師就會被白霜行禍害得一乾二淨。

就算學校打算招聘新員工，那速度，大概趕不上她引發教學事故的效率。

「不過——」班導師目光一轉，又笑了笑：「各位老師的實踐課也不用安排得太難，學習是循序漸進的過程嘛，這是全新的教學方式，總要讓學生們慢慢適應。」

聽她這麼說，白霜行頗感新奇。

真沒想到，這位班導師居然會幫學生說話。

自從進入白夜以來，所有教職員都表現得很詭異，對學生懷有很深的惡意。

從外形上看，老師們更是被扭曲了原本的相貌，變成不人不鬼的怪物，只有班導師和校長仍然保持著正常。

這場白夜的主人……會不會就在這兩人之中？

她或他，又為什麼會產生如此強大的怨念？

班導師從抽屜裡拿出擦傷藥，逐一分發給戰戰兢兢的學生們。

有個男生顫抖著接過，帶著哭腔問：「老師，好多同學在上課時死掉了……我們不想再上，可不可以？」

白霜行循聲看去，是國文課上和她同一組的眼鏡男生，班裡的風紀股長。

「這怎麼可以？」班導師露出驚訝的神色：「來學校就是為了上課，也許現在很苦很累，但只要堅持下去，你一定不會後悔的。」

聽她的語氣，彷彿覺得這種凶殘萬分的課堂再普通不過，屬於正常現象——白夜有自己的邏輯，在這所學校的世界觀裡，學生就該像這樣學習。

眼鏡男生和她講不通道理，表情更加難過。

「好了，你們在這裡好好休息吧。」班導師後退一步：「出了兩次教學事故，我和其他老師要開個會。」

老師們竊竊私語一番，離開了辦公室。

幾個高中生面面相覷，眼神裡只剩下絕望。

季風臨帶著江綿進來，看見他們的神色，心中了然：「說不通？」

「那些老師，他們——」眼鏡男生灰心喪氣，努力尋找合適的措辭：「他們就像活在另一個世界裡，覺得現在的一切很正常。」

他說話時抬起雙眼，瞥見季風臨衣服上大團血紅色水漬，倒吸口冷氣：「你的制服——」

那是江綿的眼淚。

季風臨搖頭，語氣溫和：「不是血。」

有人好奇嚷嚷：「小季，你真的從窗戶旁邊的自來水管翻上去了？這也太——太厲害了。」

發現走廊裡的血管後，大部分學生放棄了這條生路。

雖然也有人考慮過爬上四樓，但思來想去總覺得危險，要是一不小心摔下去，準會當場完蛋。

也只有他，居然真的上去了。

季風臨不在乎地笑笑：「總要試試。」

他一頓，望向白霜行：「妳們有沒有受傷？」

白霜行搖頭。

江綿拉著哥哥的藍白制服衣袖，語氣裡滿是自豪：「姐姐很厲害的！」

剛剛在外面的時候，她已經向哥哥大致講述了事情的來龍去脈，絲毫沒掩飾對白霜行的喜歡，十句話裡有八句在誇她。

現在過去不到幾分鐘，女孩又忍不住繼續誇：「她幫了我好多好多忙——！」

季風臨揚起嘴角，耐心回她：「嗯。能看出來。」

一旁的陳妙佳：「……」

目睹江綿被召喚出來的場景，此時此刻，陳妙佳的腦子裡亂成一團。

等等，這個孩子是厲鬼沒錯吧？先不說她居然會與人類和睦相處，當時白霜行介紹的時候……

不是說這孩子是她家的小妹妹嗎？

到現在，女孩又和季風臨表現得像是一家人……那季風臨和白霜行是什麼關係？

「小季。」有個男生看向江綿，面露好奇：「這是你妹妹？長得好可愛。」

只是眼睛怪怪的，而且白得過分，也許是生病了吧。

陳妙佳飛快望季風臨一眼。

他說了「嗯」。

——所以真的是一家人？他們到底……

「綿綿不僅可愛，還很勇敢。」想起走廊裡驚心動魄的場面，白霜行嘆了口氣，上前摸摸小孩的腦袋：「不過，以後如果再有決定，先和我商量一下，好不好？」

見江綿點頭，她彎起眼角眉梢，笑意誠摯溫柔：「今天謝謝妳，綿綿很棒。」

她哄起人來很有一套，江綿聽著抿了抿唇，有開心想笑的意思，止不住雙眼裡的雀躍。

「既然大家都在這裡。」白霜行說著抬頭，再開口，嗓音裡多出嚴肅的意味：「我們不如捋一捋事情的前因後果。」

「好像……沒什麼前因後果。」陳妙佳茫然：「今天秦老師忽然宣布全新的校規，然後一切變得不同。」

「大部分老師變成了怪物，只有班導師秦夢蝶和校長是正常人形態。」白霜行說：「而且，『校規』也是由他們兩個發給我們的。」

季風臨聽懂她的意思：「妳覺得，他們很可能是導致這些變化的罪魁禍首？」

「理論上只有一個。」

在這場白夜挑戰的時間點，「白夜」的概念還沒出現。

白霜行盡可能用通俗易懂的話解釋：「我聽說過類似的靈異現象，之所以發生異變，是因為有人心懷怨念而死，意識扭曲了空間。」

她解釋完畢，認真發問：「在班導師和校長之間，或是你們班級的其他人裡，有誰符合這一點嗎？」

陳妙佳搖頭：「我們班的同學都很正常啊！怎麼可能有人心懷怨念，還、還死掉……」

「就我們所知，班導師和校長都是不錯的人。」季風臨說：「班導秦老師是A大畢業，本來可以去待遇更好的學校，卻選擇了回到家鄉這個小地方教書。她的性格很好，大部分學生都很喜歡她。」

他停頓須臾：「至於校長，我們瞭解得不多，聽說他為人正派，性格也很隨和，這麼多年來，從沒有醜聞。」

不管哪一個，都不像是怨氣深重的樣子。

「那學生呢？」沈嬋摸摸下巴：「小說裡不是都那麼寫嗎？校園霸凌，集體孤立什麼的。」

辦公室裡沉默了一秒。

好幾個同學默默轉頭，看向一旁的眼鏡男生。

眼鏡男生：「……」

「喂，你們不要誣賴好人！」他氣得滿臉通紅：「我很正常好嘛！而且那件事不是過去了嘛！只持續了不到一個星期而已！」

「他因為性格太一板一眼，被我們班裡的幾個同學欺負過。」瞥見白霜行困惑的表情，季風臨低聲解釋：「秦老師知道以後，很快幫他把這件事解決了。」

白霜行明白了。

難怪她總覺得眼鏡男生對班導師十分信賴，見班導師不肯終止課堂，他還露出了失落的神色。

他很信任秦夢蝶。

雖然學生和老師都有可能是白夜的主人，但白霜行私心覺得，答案一定在班導師和校長之中。

身為這場白夜的創造者，那隻厲鬼實力強大，在危機四伏的世界裡，不可能這麼任人宰割。

想到這裡，她靜靜看向班導師秦夢蝶的辦公桌。

有意保護學生們、擁有自我意識、與學生之間的關係非常緊密……

目前看來，班導師的可能性最大。

如果真的是她，到底經歷過怎樣的事情，才讓她化作厲鬼呢？

現在線索不夠，白霜行上前幾步，靠近秦夢蝶的辦公桌。

桌面整潔乾淨，抽屜裡放著幾本關於人際溝通的書，沒什麼奇怪的地方。

她認真觀察，目光經過角落裡的日曆，忽地停住。

日曆翻到十月，在十月十日下面，用黑筆劃了一個小小的記號。

季風臨也看到那條橫線，不等她問，就低聲開口：「今天是十月八號。」

那就是後天。

白霜行心頭動了動。

這次的白夜挑戰，主線任務是在學校裡存活兩天，時間與十月十日緊緊相接。

班導師果然和主線有關。

辦公室裡沒有老師，正是他們搜集線索的時候。

白霜行把老師們的辦公桌翻找一遍，可惜的是，沒再得到什麼有用的資訊。

這些老師除了長相嚇人，連名字也被扭曲成奇怪的風格。

譬如國文老師叫「泊詩先生」，數學老師叫「以撒馬頓」，英語老師叫「英格力士夢露」，物理老師則是「愛因巴基斯坦」。

顯然只是被白夜主人隨意拼湊出來的工具人。

學生們疲於奔命，好不容易能抽空休息一下，癱倒在辦公椅上。

沒過多久，辦公室大門被打開。

老師們結束會議，班導師秦夢蝶走在最前面，看見他們，揚唇一笑：「休息好了嗎？快回教室吧。下節課是物理，老師已經去教室等著了。」

白霜行禮貌地笑：「謝謝老師。」

她語氣淡淡，佯裝漫不經心：「對了。秦老師，我無意間看到您的日曆，後天被標注起來——那天會有好事出現嗎？不會是考試吧？」

秦夢蝶一愣，再轉眼，神色恢復如常：「那不是什麼重要的東西，私事罷了。」

意料之中的反應。

在毫無線索的情況下，秦夢蝶不可能如實相告。

白霜行早有心理準備，所以沒覺得多麼失望，目光微微上抬，掠過幾個任課老師。

絕對不是錯覺。

在它們身上，正散發著無比濃郁的惡意，以及幸災樂禍的竊喜。

她連續引發兩次教學事故，不僅這些老師，連監察系統六六三都心生不滿，在即將到來的物理課裡……

物理老師一定會想方設法除掉她。

回到教室時，走廊裡恰好響起上課鐘聲。

這次站在講臺上的「老師」穿著樸素的格子襯衫，頭上的課本封面印有「物理」二字，與眾不同的是，它的課本頂端有被磨損過的痕跡，掉了不少顏色。

很像禿頭。

白霜行在心裡默默感嘆。

「同學們都到齊了。」它語氣愉悅，嗓音渾厚洪亮：「快回座位上坐好吧，馬上開始上課。」

說話時，它脖子上的厚重書籍悠悠一晃，朝白霜行所在的方向偏了偏。

「要小心。」沈嬋低聲提醒：「這位，來者不善啊。」

白霜行點點頭，邁步走向角落的桌子，出乎意料地，瞥見身旁多了一道小小的影子。

是江綿。

她有些詫異：「妳不和哥哥一起嗎？」

江綿正了正神色，看講臺上的物理老師一眼：「那個人，想害妳。」

白霜行啞然失笑：「哇，綿綿能看出來？」

「我是小孩子，又不是笨蛋。」女孩耳朵一紅，聲音更小：「而且……哥哥也讓我陪在妳身邊。」

季風臨是個聰明人，能察覺到老師們對她的殺心。

無論遇到什麼樣的情況，有厲鬼在身邊幫忙，生還幾率一定會大許多。

白霜行揚眉，下意識看向教室另一邊的季風臨，挺巧，他也往她這邊瞟了一眼。

沒想到會四目相對，對方動作一滯，略顯侷促地摸摸耳朵。

等心裡的侷促感消退一些，季風臨眨眨眼，朝她很輕地笑了笑。

白霜行用口型告訴他：「謝謝啦。」

當她走到桌前，物理老師渾厚的嗓音響起。

「歡迎大家來到物理課。」它說：「本節課只有一場實踐活動，希望同學們學習愉快。」

「接下來……讓我們開始吧。」

還是熟悉的眩暈感。

身前一道刺目的白光閃過，白霜行閉上眼睛，再睜眼，教室又一次消失不見。

她置身於一座花園。

江綿沒有被傳送到身邊，應該正在花園的某個角落。

園子裡盛開著姹紫嫣紅的各色花卉，淺綠色的枝藤交錯纏繞，空氣裡瀰漫著濃郁的花香，讓她不太習慣地捂住口鼻。

除了花朵，這裡還有蜿蜒的高牆。

牆體高聳堅固，像蛇一樣扭曲著盤旋而過，望不到盡頭，四面八方隨處可見分岔路口，給人一種處在漩渦中心的錯覺。

與其說是花園，倒不如稱之為「迷宮」。

這場實踐的時間被設定在傍晚，天邊殘陽如血，暈染出一片片猩紅色澤。她所在的地方被高牆的影子籠罩，只能看見非常微弱的暗光。

物理課……會讓學生們幹什麼？

這個念頭閃過，耳邊適時響起抑揚頓挫的廣播聲。

『歡迎同學們來到歡樂愉快的物理課堂！本次實踐名稱為「物理大逃殺」！』

『眾所周知，物理與我們的生活息息相關，重力、摩擦力、拉力、光、熱、電……』

『不知道同學們有沒有想過，如果有一天失去了物理，這個世界會變成什麼樣，人類又會有怎樣的感受呢？』

……什麼？

白霜行一愣。

『今天，讓我們來試著感受一下吧！』廣播聲裡透出幸災樂禍的笑意。

『接下來，透過腦海中出現幸運大轉盤的方式，同學們的物理感知將被隨機剝奪。』

『打個比方，如果我轉到了「摩擦力」，我身體上的所有摩擦力都會消失，走起路來……哦，那樣就沒辦法走路了，恐怕需要另辟新徑。』

廣播中的聲音又笑了笑。

『為了讓實踐活動更有挑戰性，我們有幸請來幾位殺人魔。』

『殺人魔散布在迷宮裡的各個角落，只要被他們抓到，就會立刻淘汰——如果可以的話，請同學們好好躲藏吧。』

不用它明說，所有人都知道所謂的「淘汰」是什麼意思。

落到殺人魔手裡，怎麼可能會有好下場。

白霜行有些頭疼。

口口聲聲說什麼幸運大轉盤……到她這裡，百分之百會暗箱操作，留下最差的選擇給她。

『對了，貼心的物理老師準備一個小福利給大家。殺人魔先生和殺人魔小姐出現時，將伴隨歌聲——』

『規則講解完畢，物理實踐正式開始，倒數計時兩小時，請努力存活！』

廣播聲終止，在白霜行腦海之中，出現一個圓形轉盤。

轉盤旁，監察系統六六三笑得不懷好意。

『物理課一定是最有意思的，對吧？』穿白裙子的小人轉了個圈：『妳是不是也在期待，自己會轉到什麼選項呢？』

白霜行看向轉盤。

轉盤上的內容密密麻麻，有「聲音」、「壓力」、「溫度感知」、「光」等等各種選項，沒留給她準備的時間，圓盤自行轉動。

三秒鐘後，指針停在某個角落。

白霜行右眼皮跳了跳。

『叮咚！恭喜抽中「重力」！』

『人往高處走，水往低處流。牛頓與蘋果的故事，相信同學們都聽說過。在我們的日常生活中，重力不可或缺，是它把我們牢牢固定在地面上——』

『那麼，當重力被剝奪，妳的行動會發生哪些變化？一起來一探究竟吧！』

字跡浮現，白霜行首先感到一陣頭暈。

大腦裡的暈眩感時有時無，在極其短暫的一瞬間，她彷彿變成一個氣球，或是一片羽毛。

重力一點點消散，身體漸漸浮空。

白霜行嘗試邁動雙腿，然而腳尖觸不到地面，在空氣裡運動時，不會讓她前進哪怕一公分。

……嘶。

她好氣又好笑。

這是什麼人間疾苦。

幸虧花園四處生有藤蔓和樹枝，她沒了重力，植物們卻是好端端立在地面上。

白霜行伸手握住一條樹藤，嘗試用拉力讓自己向它靠近，從而實現緩慢的移動。

如果此時此刻有個殺人狂在身後癲狂追趕，比起全力逃跑，或許躺平等死更適合現在的她。

——俗話說得好，怕什麼，來什麼。

就在這個想法匆匆閃過的瞬間，白霜行聽見噙著笑的青年男音。

「捉迷藏、捉迷藏。我來捉，你來藏——」

聲音很遠，但有向她這邊不斷靠近的趨勢，語氣癲狂飄忽，夾雜著一聲聲咯咯低笑。

這是殺人魔來臨的預兆。

該死。

她在心中暗罵一聲，用力抓緊樹藤，試圖讓身體迅速前挪。

這個動作比她預想中困難許多。

沒有重力以後，人甚至無法保持直立，而是像保齡球一樣傾倒晃動。

力道和方向很難控制，好在白霜行足夠冷靜，動作迅速、氣力恰當，能把前進的效率發揮到最大。

她的移動速度或許很慢，但只要去到左前方，躲進那片枝繁葉茂，足足有半人多高的草叢裡，就不會被輕易發現。

白霜行心態很好，雙手繼續發力。

這種行動方式很難適應，她好不容易掌握一點小小的竅門，正想加快速度，腦海裡的圓盤，驀地晃了一下。

……不是吧。

對白夜的惡趣味爛熟於心，白霜行感到不妙。

果不其然，耳邊傳來廣播的聲音。

『恭喜白霜行同學，獲得第二次抽取機會！』

『請使用轉盤！』

——她一點都不想要這個機會！

轉盤自顧自旋轉起來，當它停下，六六三號發出一聲看熱鬧般的嗤笑。

白霜行看著圓盤上的字跡，皺起眉頭。

『叮咚！恭喜抽中「光」！』

『每個人的視覺，與光息息相關。我們之所以能看到身邊的人和物，其實是因為物體反射的光進入我們眼裡。』

『有沒有想過，如果在某天，當光從妳身邊消失……一切會變成什麼模樣？』

廣播聲落下，白霜行心中的不詳之感愈發濃烈，右眼皮再次重重跳動。

失重的感覺緩緩褪去，她睜著眼，視野裡一片漆黑。

沒有光的反射，一切事物籠罩在黑暗之中——

這是有生以來第一次，白霜行看到如此純粹的黑。

沒有一絲一毫光亮，前後左右、天上地下，整個世界只剩下濃郁的墨，翻騰湧起，把她吞沒。

這也意味著，她看不見前路，更看不到身後越來越近的殺人魔。

心口跳個不停，與心跳聲一併響起的，還有從遠處傳來的腳步聲。

白霜行壓下心中的焦躁不安，回想四周景象。

往前是延伸出去的迷宮，左側有一片草和樹，右邊則是花叢。

眼睛什麼也看不見，不久前的眩暈感仍未散去。

她咬了咬牙，盡可能快的步步前行，一路上只能憑著感覺不斷摸索。

終於，在一片漆黑裡，白霜行觸碰到一叢草葉。

——到了。

身後的腳步聲越來越清晰。

白霜行不敢發出聲音，動作又快又輕，閃身進入草叢時，聽見有人踩過地上的藤枝。枝條斷裂，喀擦喀擦。

她蹲下把自己壓低，耳邊是森冷癲狂的笑音，伴隨著刀刃破風的聲響。

「我來捉，你來藏——」

在視覺被剝奪的情況下，聽覺變得格外敏銳。

不遠處的樹叢被人扒開，發出窸窸窣窣的微弱聲響，距離她所在的地方，只有幾步之遙。

他慢慢靠近。

白霜行屏住呼吸，聽那人咯咯低笑。

「下一個……躲在哪裡呢？」

殺人魔應該沒看見她。

白霜行保持安靜，躲在一棵摸起來十分粗壯的樹後，留意著身後的動靜。

聽聲音是個年輕男性，腳步輕緩，動作不緊不慢。

如同貓捉老鼠，他行走在花園裡，口中哼唱著不知名的小調。

雖然不一定會被發現，白霜行還是放慢呼吸，思考逃生的辦法。

在她的印象中，花園裡的道路還算平坦，沒有坑坑窪窪或高低不平的情況。

一旦殺人魔撥開她身後的樹叢，她立刻向前面跑，順帶把右手伸到身前，用來探明障礙物。

當然，最好的結果是，她不會被發現。

耳邊的腳步聲越來越重，像極死亡將近的鐘聲，白霜行做好準備，隨時可以起身。

然而在一片黑暗裡，忽然，她聽見不遠處的另一簇草堆簌簌響了起來。

……是誰？

殺人魔也聽見這聲響動，腳步停住，轉身看去。

「嗯？」他的語氣有些詫異：「妳……也是厲鬼？」

對方沒有出聲回應，年輕的殺人魔咯咯笑起來：「那個禿頭真是有夠惡趣味，怎麼會找妳這種小孩？還是說，妳年紀這麼小，生前是個連環殺手了？」

他看出眼前的小孩也是鬼魂，下意識覺得對方和自己同個陣營。

白霜行暗暗思忖。

從他的話裡可以推測，被物理老師邀請過來的殺人魔們全是厲鬼，而且在生前，他們很可能犯下過連環凶殺案。

難怪會這麼凶殘。

緊接著，她聽見江綿的聲音。

「我對你們的事情不感興趣。」女孩嗓音稚嫩，與周圍肅殺的氛圍格格不入：「如果你在找那些人類，我看到兩個往那邊去了，應該還沒走遠。」

——綿綿。

好聰明。

活人無法偽裝成厲鬼，殺人魔沒懷疑她的身分，嬉笑著說了聲「謝謝」。

身後的腳步聲再度響起，這一次，遠離了白霜行。

聲音漸漸遠去，直至消失不見，很快，白霜行身旁的樹枝被人扒開。

江綿仰著頭探進腦袋：「姐姐，他走了。」

小孩的語氣微微發抖。

白霜行鬆了口氣，溫聲道：「謝謝妳。被嚇到了嗎？」

江綿皺皺鼻子：「有點。」

她見過的厲鬼不多，剛才那個男人算是最有壓迫感的。

要說長相，他其實與尋常人類沒太大差別，無非是臉色蒼白一些、面如死灰一些。

但他有一股從骨子裡散發出的癲狂，站在他面前，總有種下一秒就會被提刀殺掉的錯覺。

極度危險。

還好她和白霜行傳送的位置相隔不遠，當江綿來到樹林旁邊，恰好望見白霜行閃身進叢林中。

「姐姐，我聽到你們這節課的規則了。」江綿小聲：「我沒受到影響……妳轉到什麼？」

她一頓：「妳的眼睛——」

「我的轉盤動了兩次。」白霜行不在意地笑笑：「第一次是重力，第二次是光。」

這節物理課唯一的優點是，轉到的各種狀態不能疊加。

當眼中的光線被剝奪，白霜行能感受到，自己重新擁有了重力。

也就是說，只要耐心等待下一個轉轉盤的機會來臨，她就能擺脫目不能視的處境。

……如果要摸著黑四處亂飄，就真的毫無勝算了。

「光？」江綿年紀太小，只能做出最淺顯的理解：「姐姐看到的東西，全是黑漆漆一片嗎？」

白霜行點頭，輕輕笑了笑：「等下一次轉動轉盤，我才可以恢復視力——在那之前，要拜託綿綿了。」

江綿露出認真的神色，用力點頭。

想起白霜行看不見，女孩發出聲音：「嗯！」

殺人魔被江綿所騙，去了迷宮的另一邊，如果找不到人，很可能會回來。

這地方不宜久留，白霜行挪動腳步，走出草叢。

她想說些什麼，猝不及防地，被人小心翼翼握住掌心。

江綿的右手很小，因為是厲鬼的緣故，渾身上下冷得像冰。

但此時此刻，白霜行被祂輕輕牽住手，沒感到太冷，只覺得像一團柔軟的棉花。

江綿說：「我幫妳引路。」

在這種情況下，孤身一人絕境求生的壓力大到難以想像。

白霜行聽著她的聲音，心中漸漸軟下來。

「嗯。」白霜行：「我們朝著殺人魔相反的方向走吧。妳能描述一下那邊的景象嗎？」

「是一條很寬的路。」江綿想了想：「路上是平的，兩邊有花有草，還有個小樹林，有點遠。」

白霜行點頭。

她現在什麼也看不見，要是一直大搖大擺走在路上，只要遇上殺人魔，就會當場沒命。

說不定，還會害了江綿。

在恢復視力之前，必須找個適合的地方躲藏。

她低聲說：「去樹林吧。」

在視野全黑的狀態下一步步往前，感覺很神奇。

雖然江綿穩穩牽著她的手，但白霜行還是生出一絲不安的情緒。

這是人類潛意識裡對黑暗與未知的恐懼，彷彿黑夜裡行蹤難辨的蟲蛇，一口又一口，將她慢慢蠶食。

白霜行沒說話，回握住江綿的手。

為了防止遭遇其他殺人魔，她們動作很快，沒多久便來到樹林前。

江綿踮著腳朝裡面看了看，沒見到人影：「好像沒人。」

「裡面應該暫時安全。」白霜行說：「規則說過，當我們和殺人魔越來越近，會響起音樂作為提示。」

晚風很冷，吹過枝頭的樹葉，聲響幽然，莫名令人心悸。

白霜行在江綿的牽引下，緩緩深入林中。

女孩像個盡職盡責的小大人，非常認真。

「姐姐，前面有塊石頭，拳頭那麼大，我先幫妳踢開。」

「姐姐，小心樹藤。」

「姐姐──」

這句話沒說完，江綿忽然一愣：「咦？前面……有人。」

緊隨其後，白霜行聽見陳妙佳的聲音：「是、是妳們？」

看來這是一場多人參與的實踐課程。

物理課惡意滿滿，陳妙佳被嚇得雙腿發軟，一見到同學，癟了癟嘴，有快要哭出來的架勢。

白霜行聽出她聲音裡的哭腔，不動聲色地把語氣放柔，溫聲說：「妳受傷了嗎？」

「沒有。」陳妙佳吸了吸氣，注意到她毫無焦距的雙眼：「妳的眼睛──」

「我被剝奪了『光』。」白霜行笑笑：「光在我這裡相當於不存在，所以看什麼東西都黑漆漆的。」

不知想到什麼，陳妙佳握緊雙拳：「這節物理課……根本就是打定主意要我們的命。」

她咬了咬牙：「我之前見過一個同學，也被奪走了『光』……殺人魔出現以後，他完全逃不掉。」

那是難以自由行動的狀態。

陳妙佳在遠處目睹一切。

那個同學嚎啕大哭，掙扎著想要爬起，奈何雙目無法視物，接二連三撞上牆壁與樹幹，最後甚至跑向殺人魔所在的方向，讓他顯得可悲又可笑。

殺人魔看著他不停顫抖的模樣，發出滿含譏諷的笑。

然後便是血肉橫飛。

白霜行默了默：「我被剝奪過兩次狀態，第一次是重力，第二次是光。妳呢？」

「我只有一次，一直持續到現在。」陳妙佳打了個哆嗦：「是『正確的溫度感知』，有時候覺得非常熱，有時候又覺得很冷。」

一個在物理大逃殺裡，幾乎不會產生任何影響的變數。

想起自己的兩次「幸運」大轉盤，白霜行在心裡對白夜豎了個中指。

陳妙佳看她一眼：「我們要繼續待在這裡嗎？」

經歷了國文課和數學課上的目瞪口呆，陳妙佳已經清楚意識到，眼前的新同學很厲害。

她沒什麼主見，這時被嚇得大腦空白，幾乎是下意識地，選擇相信白霜行。

白霜行搖頭：「在捉迷藏遊戲裡，被找的人一定要經常更換躲藏的地方。」

迷宮不知道有多大，那群殺人魔的數量應該不少，搜完一個地方，肯定會立刻前往下一個。

當其他區域被逐一排除，她們所在的這片小樹林，將成為眾矢之的。

更何況，樹林本身就是非常適合躲藏的地方，如果她是殺人魔，一旦路過樹林，絕對會進來檢查。

看似安全的地方，其實最危險。

「可是，妳沒關係嗎？」陳妙佳不太放心：「妳的眼睛──」

話沒說完，一陣陰風拂過，兩人耳邊同時響起喑啞歌聲。

聽聲音，這次是個嗓音沙啞的中年男人。

「捉迷藏，捉迷藏。我來捉，你來藏……」

這種兒歌從他嘴裡唱出來，不但發音含糊不清，還跑了一大半的調子。

如果是平常聽見，大概只會覺得好笑，然而此時此刻突然響起，讓白霜行和陳妙佳同時屏住呼吸。

陳妙佳不敢出聲，拉了拉白霜行的袖子。

「聲音是從右邊傳來的。歌聲會提前播報，所以他離我們還有一段距離。」白霜行拉住江綿的小手，壓低聲音：「左邊有出去的路嗎？」

她表現得有條不紊，陳妙佳原本心慌意亂，受她的感染，心情居然莫名平復幾分：

「有！」

白霜行笑了笑：「走，往左邊。」

她們盡可能不發出聲音，腳步很輕。

走出小樹林，耳邊陰魂不散的歌聲終於散去。

陳妙佳心有餘悸，回頭看了看身後的樹蔭。

在那片波濤一樣的黑影裡，正潛伏著一個殺人不眨眼的魔鬼。

她因為這個想法而後背發涼。

「不能大搖大擺走在路上。」白霜行說：「附近還有什麼可以藏身的地方嗎？」

江綿環顧四周：「沒有。這裡都是花，和牆。」

她仰頭，眨眨眼睛：「牆上有塊牌子，寫的是『物理花園』。」

白霜行：「……」

白霜行：「可能，或許，這就是物理人的情趣吧。」

「那邊還掛了另一塊木牌。」

陳妙佳遙遙望向遠處的一條岔路。

迷宮裡岔路很多，此時此刻，他們正面臨兩個選擇。

左側的巷子前空空如也，望不到盡頭；右邊的道路昏暗許多，地面上有著好幾灘巨大水漬，在它的入口旁，掛著塊方方正正的牌子。

很奇怪。

迷宮裡其他地方都很乾燥，唯獨這條路上烏雲密布，不僅下著小雨，仔細聽，還有幾聲悶雷。

陳妙佳：「上面寫著……『雷雨小巷』。」

她話音方落，耳邊響起清脆的廣播聲。

『叮咚！恭喜同學們來到物理花園的景點之一，雷雨小巷。』

『「電」是我們物理學的老朋友，眾所周知，當水與電相遇，會發生非常美妙的反應。』

『雷雨小巷將全方位模擬這種有趣的物理現象，如果感興趣，不妨進去走一走哦！說不定會遇上一位丁香一樣結著愁怨的女孩呢！』

陳妙佳眼角一抽：「有病吧，正常人誰會進這種地方？」

而且最後一句話是從《雨巷》裡照搬來的吧？物理老師就不要玩國文課的梗了啊！

白霜行卻是若有所思：「如果我們現在正被殺人魔追趕，倒是能把他們引進去——只不過在那之前，我們需要準備絕緣體。」

陳妙佳：「……」

很好。

不愧是一路爆殺國文和數學老師的超級問題學生，即便到了這個時候還不忘反殺，陳妙佳甘拜下風。

她們當然不會走雷雨小巷，更不想見到所謂的丁香姑娘，毫不猶豫選擇左邊正常的道路。

江綿拉著白霜行的手腕，一路上耐心描述四面八方的景象。

迷宮很大，沒有可供藏身的角落，仍然看不到盡頭。

不知道為什麼，越往前走，天色越亮。她們最初被傳送到的地方時值傍晚，現在抬頭看去，居然像是下午一樣。

鮮花一簇緊鄰著一簇，散發出令人心醉神迷的芳香。

走著走著，江綿的腳步又是一停。

白霜行：「怎麼了？」

「前面……又有一塊牌子。」女孩正色：「寫的是『鏡中世界』。」

廣播聲適時響起。

『恭喜同學們來到物理花園的景點之二，鏡中世界！』

『在平面鏡上，當光線平行著觸碰到鏡面，由於反射定律，會以同樣平行的方式進入我們眼中，並在視網膜上形成畫面。』

『在美妙的物理花園裡，鏡子似乎還有更有趣的功能哦！不妨和老師一起來探索探索吧！』

白霜行語氣認真：「說老實話，你們物理老師頭禿心不禿，講話方式還挺有趣的。」

高情商：講話方式有趣。

低情商：幼稚園式幼稚措辭。

陳妙佳扶額：「他確實……平常比較活潑。」

說到這裡，她不免覺得失落。

曾經的老師們雖然並不完美，但個個盡職盡責，陳妙佳從沒想過，他們會變成如今猙獰凶殘的怪物。

要是能從這鬼地方活著出去，她一定十倍百倍一千倍地努力念書。

白霜行問：「這次沒有分岔路嗎？」

「沒有。」心裡湧起不太好的預感，陳妙佳吞了口唾沫：「如果不原路返回，我們……必須走這條路。」

白霜行點點頭。

白夜不會出現必死的局面，物理老師哪怕鐵了心想要她死，她還是活到了現在。

既然眼前只有一條路可走，那這個所謂的『鏡中世界』應該不會百分百致死。拿『雷雨小巷』作為對比，觸電的危險不必多說，所以在它旁邊，還有另外一條更安全的巷子。

身後沒有退路，她們只能加快腳步往前走。

江綿緊緊拉著白霜行的手，越靠近巷子，速度越快。

這裡很窄。

兩邊的空間驟然緊縮，讓人感到壓抑逼仄，在牆上，擺放著許多高低不一的等身鏡。

似乎沒什麼特別的地方。

經過一面鏡子時，江綿默默瞥了一眼。

裡面老老實實倒映著她的身影，沒有突然出現的厲鬼，也沒有想像中古怪驚悚的畫面。

陳妙佳低著頭，不敢直視鏡面，只管埋頭向前走。

身邊的空間漸漸有擴張的趨勢，眼看即將離開鏡子小巷，毫無徵兆地，她又聽見歌聲。

這一次，是癲狂尖細的女聲，帶著肆意張揚的笑，好似噙了蜜糖。

陳妙佳起了滿身雞皮疙瘩。

「在我們後面。」白霜行不假思索：「快跑！」

歌聲響起，代表著殺人魔正在靠近。

好消息是，他們與殺人魔還隔著一段安全的距離。

不用白霜行多說，陳妙佳下意識邁開雙腿。

想到小孩跑起來很慢，她乾脆一把抱起江綿，再用力握住白霜行的手腕。

小厲鬼像麻袋一樣被扛起來，呆呆愣了一秒。

「我帶著妳走。」她一頓，加重語氣，聲音有些顫抖：「放心，我會避開障礙物，妳只管跑就行。」

白霜行微怔，應一聲「嗯」。

陳妙佳深吸一口氣，向前狂奔。

邁步的瞬間，她匆匆回頭，試圖看殺人魔的位置。

好巧不巧，恰好撞上對方的視線。

那是個綁著雙馬尾的女人。

她看起來二三十歲，穿了件粉紅色連身裙，癡癡笑著，手中的尖刀吞吐寒光。

令人毛骨悚然的壓迫感。

陳妙佳頭皮發麻，正要轉頭回去，沒想到，見到更令她驚訝的畫面。

巷子裡的鏡子分散排列，其中一面正對著入口。

鏡中清晰映出女人的身體，只見她微笑著舉起右手，做出揮砍的動作——

那面鏡子竟呀擦碎開，從中爬出穿著粉紅裙子的女人！

再看巷子入口，哪還有人。

陳妙佳明白了。

正常的鏡子只能投射畫面，而『鏡中世界』投射的，是真正的人。

只要打破鏡子，人就可以從中出來。

……這什麼恐怖片一樣的設定啊！

因為鏡子，她們與女人的距離瞬間拉近。

陳妙佳不敢耽擱，帶著白霜行與江綿拼命狂奔。

她言而有信，避開所有坑坑窪窪和可能把人絆倒的地方。白霜行最初還有些緊張，漸漸地不再多想。

跑了不知道多久，等歌聲消去，陳妙佳長吸一口氣，終於停下腳步。

「妳沒事吧？」

她回頭看，見到白霜行，不由一愣。

與她相比，白霜行上氣不接下氣，一張精緻的瓜子臉白得像紙，兩頰生滿病態的紅。

一副快要死掉的樣子。

「沒事。」白霜行笑了笑：「我體力不好。」

進入第一場實踐的時候，她就在心裡暗暗想過，如果有體育課，自己很大機率會遭到無情屠殺。

「好像逃過一劫了。」陳妙佳拍拍心口，打量起身邊的景象：「這裡有不少小樹叢，正好能藏人，我們要進去休息嗎？」

迷宮裡遊蕩著數量未知的殺人魔，她們當然是能躲就躲。

白霜行：「嗯，我們——」

她三個字說完，聽見身旁的陳妙佳輕輕「咦」了聲。

白霜行好奇：「怎麼了？」

「前面不遠處。」陳妙佳仰起腦袋：「我好像……看到物理老師。」

白霜行飛快抬頭，只見到一片漆黑。

「他在一個高臺上，大概三層樓那麼高，兩邊有很多碎鏡子。」陳妙佳說：「臺上用很大的木牌寫著字，是……『熱情如火』和『絲滑如水』。」

『叮咚！』

廣播聲響起。

『恭喜同學們來到物理花園的景點之三，絲滑如水！』

『砌成高臺的牆面沒有摩擦力，無論是誰想上去，恐怕都得抓破腦袋吧。』

『或許，這才是真正意義上的「猿猱欲度愁攀援」？』

『恭喜同學們來到物理花園的景點之四，熱情如火！』

『陽光總是溫暖的。眾所周知，鏡面能反射光線，當成百上千塊小鏡子彙集在一起，對準同一個點──』

『那一點的溫度，一定和火焰沒什麼不同吧？』

『就像老師對你們的殷切期望一樣熾熱喲！』

陳妙佳臉色微變：「物理老師，就站在那個位置。」

她明白了。

「那座高臺沒有樓梯，我們上不去，就算能上去──」陳妙佳說：「也會被高溫燒成灰燼。」

白霜行靜靜地聽，輕笑一下。

這位老師顯然吸取了同事們的教訓，在自我保護這件事上，可謂下足功夫。

任何靠近它的人都會被高溫灼燒，如此一來，高臺就成了絕對安全的地方。

這樣想著，江綿突然拉了拉她的衣袖。

與此同時，陳妙佳也加大力氣，一把將她拽進旁邊的樹叢。

「靠。」陳妙佳壓低聲音：「高臺下面，有兩個殺人魔在巡邏——物理老師怕死到這個程度了？」

白霜行微微頷首。

……不管怎麼說，她目前的狀態實在太差，不說反殺，連逃跑都難。

最虛弱的對手，和最無懈可擊的自我保護，物理老師還真是做到滴水不漏。

思忖間，身旁的陳妙佳戳了戳她的手臂，很興奮的樣子：「欸欸！右邊！」

白霜行低聲：「怎麼？」

「……是沈嬋！」又見到一個同伴，陳妙佳難掩激動：「她在路另一邊的林子裡向我們揮手！」

聽到這個名字，白霜行揚起嘴角。

她們之前在路上逗留過，沈嬋藏在樹叢裡，一探頭，就能發現她們。

等巡邏的殺人魔不見蹤影，陳妙佳帶著白霜行快步上前，藏進蔥蘢的枝葉之後：「妳還好嗎？」

沒人回答。

白霜行有些擔心：「她怎麼了？」

「她……」陳妙佳說：「被剝奪了聲音。」

沈嬋拿出手機，在螢幕上飛快打字。

「她正在手機打字，說——」陳妙佳如實轉達：「聲音對她來說不存在，她發不出聲音，也聽不到別人的聲音。」

「那她豈不是聽不見殺人魔靠近的歌聲？」陳妙佳：「我想，應該是這樣的。」

她也拿出手機打字：『白霜行被奪走光，看不見，我是溫度感知混亂。』

沈嬋露出恍然大悟的神色。

白霜行看不見東西，沈嬋則是一點聲音都發不出來，兩人就算面對面站立，白霜行也不知道她究竟在哪。

類似於「有些人活著，但她已經死了」。

一個瞎一個啞，絕配。

一陣冷風吹過，兩人心心相惜，彼此沉默對視。

陳妙佳沒說話，默不作聲把白霜行的腦袋旋轉九十度，讓她真正對上沈嬋的視線，而不是看著枝頭一片快腐爛的葉子。

「不過仔細一想，這節課有個小 Bug 吧？」白霜行對監察系統六六三說：「沈嬋被剝奪聲音，於是自己也發不出聲音；我被奪走了光，如果光對我來說不存在的話，其他人應該也看不見我才對。」

『根據理論，的確是這樣。』六六三語氣如常：『但為了確保本次實踐活動的公平性，物理老師微調過設定，讓妳能被所有人觀測到。』

不然在這節課上，白霜行妥妥會成為殺人於無形的神仙。

白霜行哼笑一聲。

把壞處全留給她，唯一的好處倒是被「微調」得一乾二淨，這手算盤打得可真不錯。

「……啊。」陳妙佳忽然低呼：「新的轉盤來了——妳們看到了嗎？」

沈嬋聽不見她的聲音，從臉上突然變化的表情來看，應該同樣得到提示。

只有白霜行搖頭。

她腦海中空空蕩蕩，沒有任何事情發生。

她沒得到重新轉轉盤的機會。

……不會真的要讓她從頭到尾什麼也看不見吧？

轉盤從啟動到結束，只需要幾秒鐘的時間。很快，陳妙佳再度出聲：「不太好。」

她停頓一秒：「是重力。」

白霜行反應很快：「快抓住地上的東西，樹枝和藤蔓都行。」

失去重力，遠不是大多數人想像中那樣簡單。

一旦失去地球的束縛，整個人將不受控制地飄向半空，如果不抓住地面上的事物，會一直往上，直到進入太空。

在那時，人早就因為缺氧死掉了。

陳妙佳從沒體會過這種感受，匆忙抱住一棵樹，神情錯愕。

四肢和身體極難操控，她的雙腿使不上力氣，像麵條一樣蕩漾搖擺。

畫面太過脫離現實，沈嬋看得呆住。

「嗯……我的也不太妙。」沈嬋保持一動也不動的姿勢：「是大部分摩擦力。」

萬幸並非全部，否則一不留神，她將澈底喪失身體的控制權，一路不停向遠處滑行。

沈嬋說完深吸一口氣，嘗試動了動右腳。

不出所料，直接摔倒在地——

江綿眼疾手快，還想伸手拉她一把，然而掌心擦過沈嬋的手臂，就像抓住一團柔軟的水。

根本拉不住。

「嘶——這什麼地獄局面。」沈嬋不敢亂動，身體緊緊繃直，藉由僅存的少量摩擦力，用一棵粗壯的樹幹阻止身體繼續滑行：「我們接下來怎麼辦？繼續藏在這裡，等下一輪轉盤？」

陳妙佳抱著樹幹，嘴唇發抖。

白霜行：「……」

沉默一陣子，白霜行忽然說：「或許……還有個辦法。」

今天天氣不錯。

頂著書籍頭顱的物理怪物悠悠哉哉，躺在木椅上，注視著身前的破碎鏡面。

零零散散的鏡子拼湊成一幅幅截然不同的畫面，正是學生們在不同地點躲避殺人魔追擊的景象。

有血，也有無聲的慘叫，被剝奪了力、光、聲音後，大多數學生連正常活動都難。

偌大的物理花園儼然成了人間煉獄，它看得高興，不時懶洋洋伸個懶腰。

身為花園的主人，這裡的物理規則對它並不適用，

它不害怕高臺上的熱量，至於其他人嘛——

如果有誰過來，想必會被當場燒死吧。

兩個小時的倒數計時過去大半，可惜的是，白霜行仍然活著。

明明什麼都看不見了，居然還能從殺人魔手裡逃脫嗎？

它有些後悔，這一場，應該改成單人挑戰的。

想到白霜行，它低低哼笑一聲。

國文老師和數學老師之所以會發生教學事故，是因為它們給予關卡怪物和學生很高的自由度。

白霜行很會說話，只要和關卡裡的怪物打好關係，就能帶著它們以下克上，除掉老師。

它很聰明，直接杜絕了這種可能性。

在物理花園裡，所有厲鬼都是十惡不赦的連環凶手，毫無人性可言，絕不會與她達成共識。

正在胡思亂想，當它無意間抬頭，動作微微頓住。

在不遠處的巷子前……有個女學生正慢慢飄起來。

嗯？是沒意識到失去重力的後果，以為只不過是簡單彈跳幾下，所以沒抓住地上的東西嗎？

這個猜測很快被否決。

在女學生的腰上綁著一根麻繩，而麻繩末端，綁在地面的樹上。

她是有備而來。

有意思。

它笑了笑。

爬不上高臺，所以透過漂浮的方式嗎？只不過隔著這麼遠的距離，她要怎樣攻擊到它？就算使用弓箭之類的武器——

物理老師看了看身邊。

它十足謹慎，在高臺四周安裝堅固的防彈玻璃。

更何況，以她失重的狀態，不可能精準使用武器。

它覺得可笑，雙手在胸口環抱，好整以暇地看著她。

這個學生好像是叫……陳妙佳。

班裡倒數前三，看來確實沒怎麼認真學過物理。

物理老師揚高聲音，對著下面的殺人魔說：「幫我個小忙——」

它笑得惡劣：「去剪斷她的繩子，讓她看看外太空吧。」

陳妙佳拿出一把小刀。

她在失重狀態下大腦充血，如今頭暈目眩，整個人保持著頭下腳上的姿勢，用力往前扔出小刀。

不出所料，她失敗了。

物理老師啞然失笑：「這位同學，妳的勇氣可嘉，只不過……」

它後面的話沒來得及說完。

因為下一刻，從它身後的鏡面上，猛然崩裂開震耳欲聾的聲響。

什麼聲音！

腦海中嗡地一響，物理怪物猝然轉身——出乎意料地發現，自己脖子上橫著一把刀。

「呼……」白霜行的聲音輕而溫和：「這堂物理課，挺有趣的。」

怎麼可能。

她是從哪裡出現的？為什麼能爬上毫無摩擦力的高牆，穿透它精心準備的玻璃？還有那個浮空的女學生——

目光不經意往前，物理老師咬緊牙關。

被騙了。

陳妙佳之所以升上半空，不是為了向它投擲小刀。

……在她手裡，不知什麼時候出現一面鏡子。

起初一連串滑稽的行為吸引它的注意力，讓它沉浸在幸災樂禍的嘲笑裡，完全沒注意到這一點。

扔出那把小刀的作用，僅僅是為了轉移它的關注。

而它上當了。

鏡子小巧，在極短的一瞬間，被固定出刁鑽的角度。

頂端對著它身後的鏡子，下端則映照出地面上的另一面等身鏡。

在物理花園裡，鏡子擁有超乎尋常的魔力。

普通鏡子傳送畫面，而它們，能傳送人。

地面上的鏡子映出白霜行的影子，陳妙佳手中的小鏡片映出地面上的鏡子。

而高臺上的無數個鏡子碎片裡，則映出陳妙佳手中的小鏡片。

如果用序號表示，二倒映一，三倒映二，四倒映三。

那麼在最終的「四」裡，將包含最初的「一」。

也就是說，經過層層倒影，在物理老師身後的鏡面中，會出現極小極小的、白霜行的身影。

這是光的傳遞。

這樣就足夠了。

百轉千迴，卻無法用肉眼捕捉。

光線的傳遞與反射永遠誠實地遵循物理學規律，無聲無息，為她搭建起一條扶搖直上的通道。

「妳……妳瘋了！」物理老師嗓音沙啞：「這裡鏡面聚光，妳——」

它的話沒說完，驀地停住。

幾乎所有學生來到這裡，都會被熾熱的陽光灼燒殆盡。

唯有白霜行例外。

光本身並沒有熱量。

與燃燒生熱不同，陽光之所以會讓物體發熱，是因為光量子令物體中的原子振動頻率加快，光能轉化成熱能。

光是一切的源頭，而白霜行的設定，是光的絕對隔絕體——

光線觸碰到她，將會立刻化為虛無。沒有光，自然不存在由光引出的熱。

不行……

心中警鈴大作，物理老師駭然顫慄。

——必須改變她的狀態，立刻，馬上！

這個念頭閃過的剎那，白霜行聽見熟悉的廣播音。

『恭喜白霜行同學，獲得第三次抽取機會！』

『請使用轉盤！』

圓盤開始旋轉。

白霜行笑了笑，手用力。

她一半的身體停留在鏡面之中，因為打碎玻璃，手被碎片劃傷，滴落猩紅血跡。

無數面鏡片反射出她的倒影，血色，刀光的鐵青色，以及熾熱的陽光暖色彼此交融，構築出一幅光怪陸離、五光十色的定格圖。

聚攏而來的光線因她而盡數湮滅，高臺上漸漸暗淡，呈現出更為離奇迷幻的模糊亮斑。

如同黑洞。

白霜行握緊小刀，毫不猶豫刺入怪物的脖頸，手腕一轉，順勢劃破皮膚。

物理老師無論如何都不會想到，它想方設法為她安排的死路，到頭來，會成為她活命的唯一底牌。

哪怕看不見任何東西，她也能揮刀。

「時間很緊迫，不過——」白霜行輕聲說：「殺掉你，足夠了。」

第六章　女生宿舍

當物理怪物的脖子被破開，漫無邊際的物理花園裡，響起震耳欲聾的警報聲。

腦海中的監察系統六六三一動也不動呆若木雞，神情複雜，雙眼裡是快要溢出來的震悚與絕望。

還有一點難以察覺的恐懼。

物理……也消失了。

一切和它想像中的劇情發展截然不同，事情怎麼會變成這樣？明明已經剝奪了白霜行的視覺，讓她只能在完全黑暗的環境下摸索著行動……

為什麼還是被白霜行找出破綻？

托白霜行的福，由它精心構築的這場白夜，已經崩壞近三成。

接下來……不會再出什麼問題吧？

物理花園中的警報聲刺破長空，一時間，殺人魔們的身影消散，變成若有似無的半透明形態。

鮮花劇烈顫動，簌簌落下五顏六色的花瓣，天空中的氣象變幻不定，時而烏雲密布，倏然一轉，晴空萬里。

這是幻境即將崩潰的前兆。

被玻璃劃破的手背傳來刺痛，白霜行暗暗皺了皺眉。

再眨眼，如同鏡子轟然破碎，她眼前的一切碎裂開來，無數光點與色彩交織重合，漸漸變成熟悉的教室景象。

她回來了。

這次兩個小時的倒數計時尚未結束，沒有同學提前出來。

當幻境澈底崩潰，活下來的人一起出現在教室中。

學生們面面相覷，對突如其來的變化摸不著頭緒。

——奇怪，他們不是正在迷宮裡躲避殺人魔的追擊嗎？為什麼突然回到教室裡？物理老師去哪了？

如同是對他們心中疑惑的回應，一秒鐘後，一具了無聲息的怪物屍體在講臺上啪嗒落地。

它穿著眼熟的格子襯衫，頭上的書本封面寫了兩個大字：物理。

「物、物理老師——」有人不敢置信地驚呼：「也死了！」

幾乎是下意識的，不少學生駭然回頭，看向角落裡坐著的白霜行。

不會……還是這位勇士吧？

「啊！」沈嬋從沒有摩擦力的狀態下脫離，無比慶幸地長出口氣，望向白霜行時，神色一緊：「妳流了好多血！」

白霜行點點頭，皺眉笑了笑：「以後再也不魯莽了。」

當時四下危險，任何風吹草動都有可能被巡邏的殺人魔發現。

她們沒有機會尋找更好的道具，綁住陳妙佳的繩子和她們手裡拿著的小刀，都是從積分系統中兌換來的東西。

白霜行本來打算找找鐵棍，可惜翻遍積分商城，始終沒找到這個選項。

她留了個心眼，沒直接用拳頭砸碎鏡子，而是揮刀刺向鏡面。

但即便如此，迸濺出的幾塊碎片還是插進肉裡。

唯一值得慶幸的是，鏡子非常薄，她傷得不重，傷口很淺。

白霜行吸了吸氣。

她從小到大沒受過什麼嚴重的傷，對於疼痛的承受能力，只有中等偏下。

之前全神貫注想要滅了物理老師，好歹能轉移一些注意力，讓她不去在意傷口，但現在——

手上的血肉被凌亂劃破，鮮血染紅大半個手背，傷口帶來的痛覺尖銳又密集，讓她不由得皺眉。

嗯……這樣想想，她寧願受到鬼魂帶來的精神污染，也不想再碰到這種又累又傷身的關卡了。

她不怎麼怕鬼，唯獨怕疼。

江綿看得心疼，低頭鼓起腮幫子，朝她手背的傷口用力吹風。

真別說，厲鬼的氣息陰冷極寒，吹在手上，居然有鎮痛的效果。

沈嬋立馬起身：「我去找班導師問問，她那裡還有沒有治外傷的藥。」

「別出去。」

「別出去。」

她一句話剛說完，教室裡，同時出現兩道聲音。

白霜行是其中之一。

另一個開口的，是季風臨。

「現在還沒到下課時間，如果擅自離開教室，會被判定為早退。」

違反校規的後果，所有人都清楚。

他說完，從抽屜裡拿出一個深色小瓶、一盒藥膏，和一團繃帶。

沈嬋：「咦？」

「從班導師辦公室裡拿來的。」季風臨笑了笑：「我們還有好幾節課要上，每節課都有風險，不如提前準備一些藥物。」

他說著一頓，目光輕輕掃過班裡其他學生：「其他同學如果受了傷，儘管來拿就行。」

「哇塞。」這無疑是個意外之喜，沈嬋摸摸下巴：「小季同學……怎麼說呢，挺聰明耶。」

季風臨身旁坐著的男生面如死灰，不知經歷過什麼可怕的事情，從離開物理花園到現在，一直發抖。

他拍拍對方的肩頭，低聲安慰幾句，拿著藥站起身，靠近白霜行桌前：「我看看。」

如果這裡只剩下她和沈嬋，白霜行一定會毫無保留地委屈訴苦。

但面對這麼多高中生弟弟、妹妹，她很有自尊心地抿了抿唇，沒發出一點聲音。

白霜行乖乖伸手。

身穿藍白制服的少年低頭垂眸，伸出修長的手，握住她的手腕。

「還好鏡子不是很碎。」季風臨微微皺眉：「我先幫妳把血擦乾淨。」

白霜行努力板著臉，不讓自己因為疼痛露出示弱的表情。

「那個……」戴著眼鏡的風紀股長湊上前：「物理老師，是妳們解決的嗎？」

陳妙佳朝著白霜行揚揚下巴：「主要是她的功勞。」

「妳也幫了很大的忙。」白霜行笑笑：「失去重力以後，升上天空其實很危險，會被物理老師當作活靶子——辛苦了。」

陳妙佳有兩個作用。

其一是分散物理老師的注意力，讓它在白霜行出現時毫無防備，能被一擊斃命。畢竟白霜行目不能視，假如它有意閃躲，她很可能會撲空。

其二，是把她手裡的鏡子調整出適合的角度，倒映出高臺上的鏡面，完成光線的反射路徑。

這兩種作用不可或缺，尤其第二個，是計畫裡的重中之重。

當初討論計畫時，白霜行提醒過她：「一旦在失重狀態下向上飄，妳將被物理老師立刻發現，其他殺人魔也會注意到妳——沒問題嗎？」

陳妙佳遲疑幾秒，咬牙回了聲「嗯」。

現在物理老師被一刀斃命，不少學生覺得好奇，不敢打擾白霜行，紛紛向陳妙佳和沈嬋詢問前因後果。

「謝謝妳們。」一個女生快哭成了淚人：「我差點被殺人魔追上……謝謝。」

他們只是普通的高中生，從沒經歷過怪力亂神的事情，能掙扎著活到現在，已經非常不容易。

白霜行有些疲憊，懶懶地靠上椅背。

她和沈嬋需要在這裡存活兩天，僅僅半天過去，就遭遇了這麼多危機。

在剩下的時間裡，不知道還會出現什麼變故。

季風臨用礦泉水洗淨她的手背，血漬褪去，露出一道道不算太深的小傷痕。

白霜行屏著呼吸，右手繃緊。

「放鬆。」季風臨抬眸看她，語氣微低：「我有經驗，儘量不會弄疼妳。」

小時候，他和妹妹相依為命，每次被父親拳打腳踢之後，身為哥哥的他都會溫聲安慰江綿，幫妹妹擦藥。

此時此刻，他的動作熟稔又溫和。

想到這裡，白霜行有些感慨。

上次見到「江逾」，他還是個豆芽菜一樣的孩子，內向沉默，連微笑都很少。

然而到了今天，當她再抬頭看去，對方已經長成了比她更高的高中生。

身形瘦削頎長，眼睛像是細長的柳葉，雖然還是不怎麼愛說話，但那股陰鬱的氣質消失大半，看起來像隻安靜的貓。

尤其是現在。

因為要幫她擦藥，季風臨微微低垂著頭。

他的睫毛很長，在眼底覆下一層淺淡的陰影。從白霜行的角度看去，只能見到頭頂柔軟的黑髮，漆黑的眼睫，還有高挺的鼻樑。

安安靜靜的，就像永遠不會生氣一樣。

忽然季風臨眨眨眼，順勢仰頭。

與白霜行四目相對，他先是一愣：「怎麼了？」

「我只是在想——」白霜行坦然回答：「上次見到你，你還只是小孩，一轉眼，突然就這麼大了。」

對方沉默幾秒，不知在想什麼，聲音壓低一些：「……還會繼續長大的。」

他說完笑了笑，重新看向白霜行的手：「妳們是怎麼除掉物理老師的？」

「透過鏡子。」白霜行：「你見到那條『鏡中世界』的巷子了嗎？在物理實踐課裡，每面鏡子都能傳送——」

她話沒說完，驀地感到手背一疼。

一塊刺在皮膚上的鏡子碎片被輕輕挑出，劇痛出現一瞬間，當她反應過來，只剩下淡淡的刺疼。

白霜行很快明白。

季風臨看出她的緊張，特地問問題，從而轉移她的注意力。

她無聲地笑了下，繼續說：「每面鏡子都能傳送人。」

這節物理課上得令人膽戰心驚，學生們在教室裡七嘴八舌討論來龍去脈。

粗略看去，原本能把整間教室填滿的學生，現在只剩下零零星星的十人左右。

嘈雜的議論聲中，教室大門被人打開。

這次還是班導師秦夢蝶。

「我剛剛接到通知。」梅開三度，她的表情頗有些無可奈何：「你們又引發一場教學事故？」

說話時，她習慣性看向白霜行。

有學生小聲嘟囔：「你們老師不是應該習慣了嗎……」

白霜行沒迴避，對上班導師的視線：「我們一直遵守著物理老師定下的規則，發生這種事，可能因為它的規則有漏洞吧。」

校規裡沒提過不能殺死老師，只說學生「不能忤逆老師定下的規則」。

白霜行在物理老師的規則下將它一刀斃命，現在出了事，乾脆一股腦推鍋給「規則」。

更何況——

不知想到什麼，白霜行好整以暇，坐直身子：「秦老師，物理老師在課堂上刻意針對我，對我進行教學霸凌，對我的身心健康造成嚴重的傷害，這種事情，不知道學校會不會管？」

班導師：？

監察系統六六三：？？？

人家命都沒了，結果妳開始反客為主了是嗎！

「我可以作證！」沈嬋舉起右手：「物理課採用了幸運大轉盤的機制，在實踐快要結束的時候，其他學生都得到一次轉轉盤的機會，白霜行卻什麼也沒有。」

陳妙佳點頭：「是的……幾乎整節物理課，她都是什麼也看不到的狀態。」

學生們非常配合，一片譁然，議論紛紛。

班導師：「……」

「是嗎？」她非常認真地思考了一下：「學校對教職員也有相應的處罰條例，我會核對這件事情，如果情況屬實，一定報告給校長。」

話音剛落，白霜行就聽見久違的系統音效。

『叮咚！』

『恭喜妳完成了隱藏任務，「教職員的職業素養」！』

『興華一中是個極度重視規則的優秀學校，在這裡，每位老師都應該恪守教職員的良好職業素養，關注學生們的身心健康，對所有學生一視同仁。』

『成功揭發一名老師的惡行，獎勵一積分！』

沒想到竟然還有積分獎勵，白霜行怔了怔，默默看向講臺上的屍體。

它死於白霜行手下，現在屍體涼涼，居然還幫她賺取了積分。

要是物理老師泉下有知，一定會氣得二次死亡。

班導師站在門口，嘆了口氣：「今天連續發生三起教學事故，同學們一定被嚇壞了。」

「不。」沈嬋小聲吐槽：「發生教學事故只會讓我們覺得很爽。我們被嚇壞，是因為見到你們這群老師。」

「馬上就是午休時間，同學們吃完午餐，回宿舍好好休息吧。」班導師說：「對了，宿舍也多出幾條規定，大家務必認真遵守，千萬不要違反，知道嗎？」

白霜行一愣：「午休？」

每到中午，興華一中的學生們會回到宿舍，淺淺睡個午覺。

右手被季風臨纏上繃帶，白霜行向他道謝以後，被陳妙佳領著去了學生餐廳。

很神奇。

在教學大樓淪陷成地獄的情況下，學生餐廳居然好端端維持原樣，放眼望去乾淨清爽，窗口前站了幾個和顏悅色的叔叔阿姨。

如果非要說有什麼奇怪的地方，大概就是整間學生餐廳空蕩蕩，只有他們一個班的學生。

準確來說，是班級裡仍然活著的學生。

學校陰森詭譎，所有人不敢分開，自覺坐在同一張桌子前，心不在焉地吃飯。

想起今天發生的一切，大多數的人沒什麼胃口，吃兩口就放下筷子。

緊接著，帶上江綿小朋友一起，幾個女生結伴回到宿舍。

論時間，現在時值中午，理應是一天中最明亮的時候。

然而在這場白夜裡，天邊根本見不到太陽的影子，穹頂呈現血一樣的暗紅，校園中更是隨處飄蕩著血霧，讓光線愈發稀少。

像是傍晚一樣。

宿舍裡亮著光，如同漂浮在夜色中的燈塔。

白霜行一邊走一邊觀察四周，路過宿舍正門時，見到一塊方方正正的巨大告示牌。

『宿舍公約。』

『歡迎同學們回到宿舍，希望這裡能成為你們的第二個家。在宿舍中，請遵守以下守則：』

『一、把寢室當作自己的家，好好對待它吧。』

『二、學生之間團結友愛，相互尊重，以禮相待。』

前兩條看不出問題，白霜行目光下移。

『三、宿舍熄燈後，全體進入睡眠時間，請務必留在室內，不要前往樓梯或走廊。一旦違反本條規則，將受到嚴懲。』

『四、洗手間的門有時會故障，無法打開。如果你被困在洗手間內，見到水龍頭裡溢出血液，聽見笑聲、水聲、帶有惡意的交談聲，請立即大聲呼救。』

很好。

還是熟悉的味道。

『五、在宿舍內見到狂躁的巨大怪物，請立即朝與它相反的方向奔跑。舍監阿姨住在一樓，一旦遇到危險，第一時間告知她，她會幫你平復怪物的情緒。』

『六、人類微笑時，不會淌下血淚。如果遇見不停發出笑聲、流下血紅色淚水的女生，不要猶豫，請轉身離開。』

『七、如果聽見角落裡傳來哭泣聲和哽咽聲，作為同學，請上前友好詢問。』

『八、宿舍中，偶爾會漂浮著人影形狀的黑色氣體，距離它越近，越會感到壓抑。若見到，請避開。』

洋洋灑灑，一共有八條。

白霜行看著告示牌上的字跡，不禁陷入沉思。

教學大樓和宿舍的規則，究竟是以什麼作為基礎制定的？

這些校規不像是隨意寫成，其中究竟蘊藏哪些因果關係？每條校規之下，是否潛藏著深意？

還有那個「狂躁的巨大怪物」和「角落裡的哭聲」。

為什麼偏偏是它們，同時出現在兩個不同地點的校規裡？

「宿舍的規則，」沈嬋感嘆，「好多。」

放眼全是靈異事件，陳妙佳看得渾身起雞皮疙瘩：「規則裡沒說不能串寢……我們應該可以住在同一間寢室吧？」

另外兩個女生表示贊同，用力點頭。

興華一中的宿舍是六人一間，現在總共有五名女生存活，恰好能住在同個房間。

「原本的宿舍裡，只剩我一個人了。」一個齊瀏海的女同學小聲說：「如果一個人住在那裡，我……」

她沒繼續說下去，想起曾經的室友，眼眶發紅。

「進去吧。」白霜行點頭：「不知道什麼時候會熄燈，我們最好儘快回到寢室。」

她安慰齊瀏海女生幾句，推開宿舍大門，進入其中。

從外形上來看，這是一棟十分尋常的宿舍。

地面被打掃得乾乾淨淨，走廊長而靜，亮著一盞盞光線微弱的白熾燈。

在一樓大廳裡，坐著身穿碎花長裙的舍監阿姨。

正如各科老師們那樣，她的相貌和常人不同——雖然脖子上沒有頂著厚厚的書本，但她的五官像蒙了馬賽克一樣模糊，就算凝神去看，也只能隱約看清五官的輪廓。

有她這麼對比，班導師和校長的「正常」，就顯得更不正常了。

見到她們，阿姨笑著開口：「回來了？快去休息吧。」

白霜行回以乖巧的微笑：「謝謝阿姨。」

陳妙佳瞟她一眼。

陳妙佳覺得，以白霜行的性格和做派，無論在學校還是家裡，一定都是最受長輩喜歡的類型。

在同齡人裡，她的人緣應該也挺不錯——

從教學大樓到學生餐廳再到宿舍的路上，白霜行一直安慰其他女生。

「走吧。」白霜行走在最前，沈嬋陪在她身邊：「我們住幾樓？」

「五樓。」只有陳妙佳一個人帶著宿舍鑰匙，她迅速回答：「五一三。」

江綿第一次來到高中宿舍，一雙圓溜溜的眼睛裡滿是好奇，不停四下張望。

白霜行看著她，張了張口，終究沒說話。

江綿是很乖的小孩，在她心裡，一定是渴望著上學的。

然而經歷過那樣的事情，變成現在這種樣子……

應該不可能有機會回到學校了吧。

白霜行努力思考。

或許，她可以讓江綿戴個眼鏡或變色片隱形眼鏡，讓小朋友去學校裡試試？她家綿綿這麼可愛，一定能交到不少好朋友吧？

五一三號寢室位於走廊最深處，經過第一個轉角後，所有人不約而同停下腳步。

沈嬋神色微僵，暗罵一聲——在走廊正中央，直立著一張鮮紅的血盆大口。

沒有臉，沒有身體，和之前出現過的眼球怪物一樣，這次只有兩片厚重的嘴唇。

察覺到她們的到來，嘴唇倏然一動。

——下一刻，兩片唇瓣張開，露出滿口尖利如刀的黃牙和一條猩紅巨舌，向她們撲來！

怪物的嚎叫穿雲裂石，彷彿夾雜著無數人的嘶吼與咒罵，融合成含糊不清的高音。

沈嬋心中警鈴大作，一把抱起江綿：「快跑，去找舍監！」

居然開場就遇到這種噁心又凶殘的怪物……這也太倒楣了！

她們身處五樓深處，想要找到舍監阿姨，必須穿過一條無人的走廊，再從樓梯疾行而下。

走道上的白熾燈飛速閃動，眼前光與暗來回交疊，時而慘白時而猩紅，讓人心生不安。

該死。

沈嬋把江綿抱得更緊，暗暗咬牙。

白夜這是擺明了下狠手，打算把她們殺之而後快。

她知道白霜行體力不佳，在生死逃亡的危急關頭，不忘出聲詢問：「還行嗎？」

白霜行：「嗯。」

怪物殺傷力極強，也許是為了平衡難度，它的移動速度並不快。

頭頂的燈光仍在劈啪作響，如同幽靈們肆無忌憚的嘲笑。

白霜行默不作聲，抬頭看一眼。

忽然，她輕聲說：「有個地方，妳們知不知道在哪裡？」

三個高中生同時轉頭。

白霜行笑了笑，指向頭頂的白熾燈：「宿舍的總電閘，在什麼地方？」

今天依舊是風平浪靜的美好的一天。

舍監阿姨泡了杯茶，嗅一嗅茶葉的清香，臉上洋溢起幸福微笑。

她悠閒自得，抿了口茶，猝不及防聽見走廊裡傳來踏踏腳步。

很快，很急，像在慌不擇路地逃命。

她還沒來得及做出反應，就聽值班室的大門被人咚咚敲響，然後吱呀打開。

進來的人，是個長相漂亮的長髮女生，和一個打扮時髦的大波浪女孩。

似乎遇到了急事的樣子。

舍監阿姨正要開口，卻見長髮女生氣喘吁吁，大聲叫了句：「阿姨！」

很奇怪。

她剛說完，整棟宿舍的燈光突然全滅了。

舍監阿姨一愣：「怎麼了？」

白霜行手扶著門框，深深吸了口氣：「我檢舉！」

她的身形側了側，伸出右手，指向走廊：「熄燈後，它沒進入室內，還留在走廊。」

舍監阿姨：「……」

舍監阿姨茫然看去，望見一隻狂奔而來的怪物。

「門前的告示牌上寫過，一旦熄燈，絕不能置身於室外。」白霜行帶了點好奇和期待：「阿姨，現在燈光全滅了，它算違規嗎？」

這是她突發奇想的一次嘗試。

或者是說，一場卡 Bug 的文字遊戲。

校規裡清清楚楚寫著「熄燈後」，並沒有點明是誰熄燈。

燈光自動熄滅算，舍監阿姨進行整體調控算，那她們自己把電閘關了，讓宿舍裡燈光全滅……這樣算不算呢？

如果只看書面規則，當然是算的。

電閘都拉了，怎麼不是熄燈呢。

這樣一來，她們就可以營造出絕對有利的反殺方式。

電閘位於一樓的工具間裡，舍監阿姨身處一樓的值班室，兩個地方都是室內。

由白霜行和沈嬋引開怪物，其他人去工具間，當白霜行叫出那一聲「阿姨」，三個高中女生聽見後，立馬拉掉電閘。

當燈光熄滅，如果白霜行的猜想成立，身處室內的她們不會受到任何懲罰，至於走廊裡的怪物……

會像校規裡寫的那樣，「受到嚴懲」。

就算猜想不成立，拉電閘沒有被判定為「熄燈」，白霜行找到舍監，阿姨同樣能「幫她平復怪物的情緒」。

但校規裡寫過，僅僅只是平復情緒而已。

這樣一來，它很可能還會出現。

所以白霜行想了這個辦法，只要能成功，說不定能澈底擺脫那隻醜陋暴躁的怪物。

怪物在走廊裡發出刺耳咆哮，舍監阿姨呆呆站在原地。

這種操作，她還是頭一次見到。

要說離譜，確實離譜。

整棟宿舍突然停電，根本還沒到固定的睡覺時間，從邏輯上完全講不通。

但說合理，卻又恰到好處契合了校規上的每一個字。

熄燈，走廊。

嗯……怎麼不算合理呢。畢竟，他們這些教職人員只要逐條逐句遵守校規就可以，不用深究其他。

舍監阿姨露出恍然大悟的表情。

她逐漸理解一切。

監察系統六六三：『……』

不是。

不是啊舍監阿姨！雖然看起來的確是那麼回事，但……但白霜行真的只是卡了個 Bug 啊！

腦海中的六六三號氣急敗壞，白霜行看著它，揚眉一笑。

「而且校規說，在宿舍裡，大家都要和睦相處。」她說著，多出幾分撒嬌般的語氣：「阿姨您看，它好凶。」

沈嬋在一旁配合：「我記得校規裡說過，熄燈後如果不在室內，會遭到嚴懲對吧？」

眼看舍監阿姨點了點頭，在二人耳邊，同時響起系統的提示音。

『叮咚！』

『恭喜妳完成了隱藏任務，「報報報報告老師」！』

『興華一中是個極度重視規則的優秀學校，在這裡，每位同學、老師和家長都必須嚴格遵守校規。無論是誰，觸犯規則都太可惡了！面對這種傢伙，打小報告不可恥！』

『感謝妳向舍監阿姨成功檢舉一名規則觸犯者，獎勵一積分！』

哦豁。

白霜行與沈嬋對視一眼。

監察系統六六三還在跺腳：『不對……不對！妳怎麼能玩這種文字遊戲！熄燈和熄燈是不一樣的！不一樣！』

它吵吵嚷嚷，白霜行卻始終沒有回應。

心裡升起一股不太好的預感，六六三號抬起視線。

它心裡咯噔一跳。

不好。

白霜行看著它，微微笑了笑。

直覺告訴它……要糟了。

無論如何，今天仍然是風平浪靜的美好一天。

白霜行與沈嬋離開後，宿舍裡的燈光重新亮起。舍監阿姨悠閒自得，又一次抿了口茶。

……等等。

不知道是不是錯覺，隱隱約約地，她居然又又又聽見走廊裡傳來腳步聲。

那隻擾亂紀律的怪物不是被校規處置完畢，只剩最後一口氣、連動彈都難了嗎？

她一個愣神，毫無徵兆地，聽見敲門聲。

很快，值班室大門被急匆匆推開。

還是熟悉的兩張面孔，還是熟悉的臺詞。

白霜行義正辭嚴，一副嫉惡如仇的模樣：「阿姨，我要檢舉！」

啪嗒。

燈又滅了。

舍監阿姨：「……」

她心中疑惑更濃，轉頭看向室外。

透過窗戶，她見到流著血淚的女孩、滿身是血的鬼影，還有幾團漂浮在半空的黑色人影。

六六三：『……』

所以這是在拍宿舍怪物全家福嗎？

它好絕望。

在短短幾分鐘內，它眼睜睜看著白霜行不斷作死，把宿舍裡的怪物厲鬼一個個全招惹了一遍。

然後領著它們來到一樓，來到走廊，來到能被舍監阿姨一眼看見的地方。

——校規是讓妳這麼玩的嗎！

舍監阿姨看看她，看看手裡的校規紙條，又看看一片漆黑的走廊，神色漸漸變得凝重而晦暗，不怎麼高興。

難道……她發現白霜行的小算盤了？

六六三心裡生出一線希望。

沒錯，阿姨，就是這樣！

快發現白霜行是在薅羊毛啊！一旦她檢舉成功，不知道能得到多少隱藏任務的積分獎勵！它絕對不允許！

舍監阿姨表情陰沉，緩緩起身。

六六三無比期待地看著她，漸漸地，從希望變為絕望。

阿姨經過白霜行，目光一轉，看向走廊裡幾隻不明真相的厲鬼與怪物。

她的語氣異常嚴肅，帶有恨鐵不成鋼的惱怒：「集體觸犯校規……你們真是我見過最不聽話的一屆學生！」

厲鬼與怪物：？

它們不是好好遵守規則、兢兢業業殺人嗎？怎麼就觸犯校規了？

沒救了。

局勢完全超出掌控，身穿小白裙的監察系統六六三徹底喪失表情。

與此同時，系統音響起。

『恭喜你完成了隱藏任務，獎勵一積分！』

『恭喜你完成了……一積分！』

『恭喜……！』

六六三：『……』

還恭喜？恭喜個鬼！連續被薅走這麼多積分，當它是冤大頭，還是農場裡免費勞動的驢！

獎勵積分的系統提示音每響起一次，它的心就滴血一回。

還有校規。

……設計校規的時候，怎麼會留下這麼大的漏洞讓她鑽啊！

「哇哦。」連續積分入帳，白霜行心情不錯，模仿著剛剛的舍監阿姨，笑盈盈彎了彎眼睛：「挺好。妳是我見過最大方的系統。」

六六三：『……』

妳滾啊！

白霜行一共得到六點積分。

神清氣爽。

要知道，白夜的積分給得異常摳門，在上一場「惡鬼將映」裡，她觸發了全部的主線任務和支線劇情，然而到頭來，只得到十一分。

現在薅一薅羊毛，居然一次性拿到六分，對於白霜行而言，無疑是意外之喜。

監察系統六六三被薅了個一乾二淨，等獎勵發放完畢後，罵罵咧咧地關閉了隱藏任務。

『叮咚！』

『當前隱藏任務已達到獎勵上限，請挑戰者們再接再厲，通過其他任務賺取積分吧！』

要不然，如果真讓她一直折騰下去，恐怕這場白夜還沒結束，白霜行就已經賺得盆滿缽滿，成了積分無數的富翁。

——它才不會當冤大頭！頂、頂多被搶走六分而已！

經過白霜行這一番操作，宿舍裡的怪物和厲鬼們全都受到來自校規的嚴懲，狀態無比虛弱，接近半死不活。

如此一來，整棟宿舍裡的危險一併解除，暫時算得上安全。

時間不早，在真正的熄燈來臨之前，幾個女生輕手輕腳地重新回到五樓，用鑰匙打開寢室大門。

門聲吱呀，進入房間後，白霜行四下看了看。

這是一間很傳統的六人寢室，上床下桌，地面打掃得一塵不染，被褥整整齊齊。

「我的床在左邊最裡面。」陳妙佳是這個宿舍的原住民，小心翼翼關好房門，上前一步：「其餘的床鋪，妳們自己挑選吧。我室友……」

她的室友們，沒一個能從那三節課中活下來。

經歷了國文課上驚心動魄的長途跋涉、數學課中提心吊膽的算式爭奪、以及物理課裡九死一生的捉迷藏，今天發生的一切讓人身心俱疲。

在這之後，不知道還會出現怎樣的變故。

大家沒說多餘的話，在一片靜默消沉的氣氛裡選好床鋪。

白霜行也很累。

她、沈嬋和江綿選擇右邊的三張床，幾個高中女生在左邊。

爬上梯子，當身體久違地觸碰到被褥，白霜行徹底放鬆下來，長長舒了口氣。

置身於實踐課堂時，腦袋需要每分每秒不停歇地運轉，身體更是無時無刻處於緊繃狀態，實在有些吃不消。

她記得在白夜的系統商店裡，花二十積分能買到一瓶體力藥水，看描述，可以從根本上提高人的體力、耐力、甚至是身體受傷後的恢復能力。

等這次從白夜離開，存夠積分後，她可以考慮兌換一瓶。

在極度疲憊的狀態下，躺在床上的感覺猶如墜入雲層。白霜行一動也不動，腦子裡卻仍在飛速運轉。

班導師、校長，兩個截然不同的規則。

班導師告訴他們要反抗、要逃跑，校長的那份校規裡，則著重於「假裝什麼也看不到」。

再想想校規的內容……

忽然，宿舍裡有人小聲開口：「妳們都睡了嗎？」

是那個齊瀏海女生。

然後是陳妙佳的聲音：「沒。」

遇上這種事，誰能睡著。

沈嬋也嘆了口氣：「沒呢。」

白霜行微微側過身，轉向左邊的三張床：「不如聊聊？」

她聲音很輕：「妳們都看見舍監阿姨了吧？她也是非正常的臉。在所有教職員裡，只有班導師和校長最特別——妳們覺得，他們會不會是學校異變的始作俑者？」

她和沈嬋都是外來者，想要得到更多線索，必須詢問這些學生。

「校長我不清楚。」陳妙佳的聲音有些悶：「但以我的瞭解，絕對不可能是秦老師。」

她說得斬釘截鐵，沈嬋好奇：「為什麼？」

「因為——」陳妙佳說：「秦老師對我們很好，不會像這樣傷害我們，還、還打算趕盡殺絕。」

白霜行不置可否。

如果是怨念極深的厲鬼，絕不會在乎生前的恩怨情仇。對於厲鬼來說，只要是人，註定成為被祂們屠戮的獵物。

比如江綿。

化作厲鬼後，如果不是白霜行對她使用「共情」，女孩將會一直持續她的殺戮，把整條百家街變成煉獄。

白霜行沒有點明這件事，而是接話道：「你們班裡的學生，好像都很喜歡她。」

「因為秦老師真的很好啊。」齊瀏海女生說：「她年紀很輕，剛從A大畢業沒多少時間，怎麼說呢……和我們在一起的時候，她從來不會擺架子，雖然也有作為老師的嚴厲，但可以感覺到，秦老師是真的在為我們著想。」

白霜行：「妳們之前說過，那個戴眼鏡的風紀股長被同學欺負，是她幫忙解決的？」

「嗯。」陳妙佳說：「風紀股長他……嗯，有點一根筋。在我們學校裡，每個學生都有紀律分，如果風紀股長抓到違反校規校紀的情況，那個學生會被扣分。」

白霜行大概明白了。

「妳猜到了吧？我們班有幾個很調皮的學生，被他一次次逮住，沒有一點通融的餘地。那幾個學生覺得他死心眼，就……」陳妙佳想了想：「就做了一些不太好的事。」

齊瀏海女生點點頭：「其中一個還是他的室友，聽說在宿舍裡，那群男生也經常欺負他。」

沈嬋往被子裡縮了縮：「要不是他看起來很正常，我還以為造成這一切的原因，是那個男生被欺負太久，怨念太深呢。」

「我本來也是這麼猜的。」角落裡的另一個女生小聲說：「但是他只被欺負了幾天，後來秦老師發現這件事，很快把那群男生拉去談話了。」

之後那幾個學生對風紀股長的態度依舊冷淡，不過再也沒有捉弄他的情況出現。

「而且不只這件事——我們班裡的一個女生家境困難，是秦老師自掏腰包幫她墊學費，讓她不至於輟學的。」陳妙佳說：「不管怎麼想，秦老師都不會害我們吧。」

白霜行看著她，笑了笑：「我忽然發現，妳一直在幫秦老師說話。」

對面床上的女生怔怔一愣。

「對哦。」沈嬋也意識到這一點，非常配合：「妳好像特別喜歡她。她為妳做過什麼嗎？」

陳妙佳沉默半晌，迅速翻過身：「只是覺得她人還不錯，說實話而已。」

她不願意深入這個話題，白霜行很知趣地沒有再問，回想起在興華一中見到的一條條校規，腦子裡隱約串出模糊的線。

只不過當下線索不夠，她沒辦法逐一分析。

還有校長。

校長和同學們幾乎沒有交集，在白霜行與沈嬋進入白夜後，出現的次數更是寥寥無幾。

他存在的意義……究竟是什麼？

每個人都有自己的心思，一時沒人再說話。

時間悄無聲息地過去，白霜行累得厲害，沒多久，沉沉睡了過去。

——她是被宿舍裡的鬧鐘吵醒的。

陳妙佳習慣了這樣的宿舍生活，飛快下床關掉鬧鐘。其餘幾個女生紛紛起身，臉上的表情稱不上愉悅。

所有人心知肚明，一旦離開宿舍進入教學大樓，等待著她們的，將會是凶險萬分的實踐課程。

幾個女生一起離開寢室，走在樓梯間裡，白霜行和沈嬋對視一眼。

這是她們的暗號。

陳妙佳和秦夢蝶之間的故事，或許可以提供一些有價值的線索。

當面打聽別人的事情，想想實在不怎麼禮貌，於是起床後，白霜行拜託沈嬋幫忙支開陳妙佳。

沈嬋挑眉，比出一個OK的手勢。

她是公認的社交達人，快步走到陳妙佳旁邊：「對了！可以說說你們班各科老師的特點嗎？說不定在接下來的實踐課裡，能起到一點作用。」

這個藉口不會惹人懷疑，陳妙佳沒多想，點了點頭。

於是沈嬋輕車熟路，和她並肩走成一排，帶著陳妙佳迅速下樓。

與此同時，白霜行戳了戳齊瀏海女生的肩頭。

對方神經緊繃，被嚇了一跳：「怎麼了嗎？」

「想再問妳們一些事。」白霜行笑笑，把聲音壓低：「陳妙佳很信任秦老師？妳們覺得她是個怎樣的人？」

齊瀏海女生抿了抿唇：「是吧……她很喜歡秦老師。」

白霜行：「哦？」

女生看了樓梯一眼，發現陳妙佳已經走遠，才低聲說：「我和陳妙佳是國中同學，她從國中起，就一直……嗯，有點格格不入。」

白霜行點頭，想到自己第一次見到陳妙佳的時候。

她穿著鬆鬆垮垮的制服，與班裡其他嚴肅認真的學生不同，表情吊兒郎當。

「她其實很聰明，不然也考不進我們這個興華一中的資優班。但是——」齊瀏海女生遲疑一下：「我覺得可能是家裡的原因吧，陳妙佳對讀書一直很不認真，每天都在玩。」

白霜行：「家裡的原因？」

「她家裡有個弟弟，爸媽不怎麼喜歡她。」女生的聲音更低：「有次家長會，她爸爸當著所有學生和家長的面把她罵了一頓……因為她考了全班倒數第一。」

白霜行「唔」了聲。

數學課按照成績分組，陳妙佳和她這個轉學生在同一個小組，的確是吊車尾的水準。

「這種情況不算少見吧？家裡有個弟弟，所以爸媽對姐姐毫不關心。」齊瀏海女生嘆了口氣：「我記得國一的時候，陳妙佳很安靜很內向，自從她和她爸在學校裡大吵一架後，整個人都變了——整天和校外的混混們待在一起，張揚跋扈的，總說髒話。」

江綿偏了偏腦袋。

在她稚嫩的世界觀裡，並不能理解這段話的含義。

白霜行有些詫異：「是嗎？她現在還挺乖的。」

至少在她來到興華一中的這段時間裡，陳妙佳沒表現出什麼異常。

齊瀏海女生笑了笑：「因為認識了秦老師吧。秦老師對她很好。」

白霜行微微頷首。

把齊瀏海女生的話整理一遍，陳妙佳應該生活在極度壓抑的家庭環境裡，父母脾氣暴躁，對她漠不關心。

她從小到大受到的教育只有打壓與責罵，久而久之，生出了強烈的叛逆心。

秦夢蝶是第一個對她如此用心的長輩，很可能也是迄今為止的唯一一個。

白霜行眨眨眼：「高中之後，陳妙佳就慢慢收斂脾氣了？」

「嗯。」齊瀏海女生說：「雖然還是不怎麼愛理人，不過我聽她室友說，陳妙佳性格還不錯，經常幫寢室裡的女生一些小忙。」

她說著頓了頓：「而且……在今年教師節的時候，是陳妙佳主動安排我們，送了份驚喜給秦老師。」

眼下煉獄般的場景與曾經的歡聲笑語對比強烈，女生神色悵然，沒再出聲。

另一個倖存的女孩低垂著腦袋，語氣頹喪：「也不知道秦老師能不能恢復正常，還有其他老師……我們難道要在這個鬼地方上一輩子的課？究竟什麼時候才能逃出去？」

距離上課還有段時間，離開宿舍後，幾人去校門前看了一眼。

不出所料，這裡也立著一塊巨大的公告牌。

『全體師生須知。』

『未到放學時間，請勿離開學校，違者重罰。』

文字簡簡單單，只有孤零零一條規則。

然而所有人都明白，一旦違背這條規則，將遭遇最為惡劣的處罰——

這時校門緊閉，在校門外，正仰躺著一具血肉模糊的屍體。

他的身體腐爛大半，如同被烈焰灼燒過一般，顯露出猙獰醜陋的猩紅色疤痕，臉龐損毀，分辨不出五官。

在他身上，穿著藍白相間的學生制服。

惡臭撲面，齊瀏海女生捂住口鼻，滿眼驚駭：「宋……宋尋！」

是他們班上的學生。

白霜行抬頭仰望，發現校門頂上的灰塵有被擦抹的痕跡。

顯而易見，這個男生想透過翻出校門的方式離開學校，然而剛探出身體，就出了事。

這幅景象遠遠超出尋常人類的承受能力，不只幾個高中生，連一旁的沈嬋也皺眉挪開視線。

江綿沒說話，安靜抬起手，握住白霜行的手。

白霜行微微揚唇。

厲鬼是不懼怕這種慘烈血肉的。

女孩之所以靠近她，是擔心她被眼前的慘狀嚇到，於是想要笨拙地安慰。

她心中沒有太大的恐懼，手指彎起，反握住江綿冰涼的小手：「看來是出不去了。」

白霜行說：「走吧，回教室。」

教室裡死氣沉沉。

十名學生分散坐在教室的各個位子，大多數桌椅前空無一人，冷寂幽森，令人心悸。

走進教室時，白霜行側過腦袋，看了看牆上貼著的課表。

雖然很早之前就向其他同學打聽過今天的課程安排，但此時此刻再看一遍……

果然還是覺得心梗。

視線所及之處，白紙黑字，一板一眼印著三個方正字體——體育課。

大、禍、臨、頭。

「體育課……」沈嬋的表情也不怎麼好：「不會讓我們去做極限運動吧？」

要是體育老師心腸歹毒一時發瘋，非要他們做些突破人體極限的事，那還怎麼玩？

「而且，體育老師的腦袋會是什麼模樣？」白霜行一向心態不錯，即便到了這個時候，也沒表現出多麼焦慮的模樣。

她坐在課桌前，說著笑了笑：「應該不是書本吧？籃球？足球？」

沈嬋原本有些焦躁，聽她這樣一說，勾了勾嘴角：「也可能是一圈微型操場。」

她們談話間，上課鐘聲響起，與此同時，從門外走來一道人影。

白霜行心中好奇，抬眼看去。

然後在下一秒，整個人呆呆愣住。

推門而入的人形怪物身材高挑，至於樣貌，和她想像中截然不同。

在它脖子上頂著的不是足球籃球，也並非操場，而是書。

與其他科目老師們不同的是，它的頭顱，不只一本書。

——體育老師穿著格子衫、西裝、白裙子、毛衣外套縫合成的古怪套裝，脖子上的九本書緊緊相貼，當它邁步向前時，露出封面上的大字。

國數英公史地生，樣樣俱全。

「同學們好。」它走上講臺，面向教室裡呆若木雞的學生，九本教科書同時顫動，發出似男似女、含糊不清的嗓音：「這節課上——」

同一時刻，課本們拔高聲音。

「國文！」

「數學！」

「公民！」

「……」

同學們靜默不語，露出一言難盡的複雜表情。

「我是你們的體育老師。」人形怪物語氣淡淡：「我叫『英格力士巴基馬頓先生』。」

白霜行：「……」

沈嬋：「……」

一瞬間，白霜行想起之前在辦公室裡見過的職員表。

理所當然地，也想起名叫「泊詩先生」的國文老師，名叫「以撒馬頓」的數學老師，名叫「英格力士夢露」的英語老師，還有名叫「愛因巴基斯坦」的物理老師。

她悟了。

即便在這種殘酷而駭人的白夜地獄裡，體育課，也難逃它生來就有的命運。

「體育課的表現形式。」白霜行有感而發：「還真是生動傳神。」

「……靠，離譜又合理，這是什麼寫實文學。」沈嬋：「究極無敵縫合怪，證實了。」

——《神鬼之家（貳）第一條校歸》【上】完——

——敬請期待《神鬼之家（貳）第一條校歸》【下】——

高寶書版集團
gobooks.com.tw

YS 026
神鬼之家（貳）第一條校規【上】

作　　者　紀嬰
責任編輯　吳培禎
封面設計　茵萊登曼特
內頁排版　賴姵均
企　　劃　何嘉雯

發 行 人　朱凱蕾
出　　版　英屬維京群島商高寶國際有限公司台灣分公司
　　　　　Global Group Holdings, Ltd.
地　　址　台北市內湖區洲子街88號3樓
網　　址　gobooks.com.tw
電　　話　(02) 27992788
電　　郵　readers@gobooks.com.tw（讀者服務部）
傳　　真　出版部(02) 27990909　行銷部 (02) 27993088
郵政劃撥　19394552
戶　　名　英屬維京群島商高寶國際有限公司台灣分公司
發　　行　英屬維京群島商高寶國際有限公司台灣分公司
初　　版　2023年09月

國家圖書館出版品預行編目(CIP)資料

神鬼之家. 貳, 第一條校規/紀嬰著. -- 初版. -- 臺北市：英屬維京群島商高寶國際有限公司臺灣分公司, 2023.09
　冊；　公分. --

ISBN 978-986-506-824-0(上冊：平裝). --
ISBN 978-986-506-825-7(下冊：平裝). --
ISBN 978-986-506-826-4(全套：平裝)

857.7　　112014811